KB145575

모정의 멍에

김복희 장편소설

시음사
시사랑음악사랑

멍에는 농부가 밭갈이할 때나 달구지꾼이 달구지를 끌 때 소의 등과 목 사이에 사용하는 농기구로 소의 힘을 이용하는 농부나 달구지꾼에게는 없어서는 안 될 중요한 기구이지만 소에게는 피할 수 없는 고통의 도구이다.

이처럼 정신발달 장애인의 자녀를 둔 어머니는 세상에서 제일 소중한 자기 자녀가 평생 피할 수 없는 지적 장애로 살아가는 모습을 지켜보면서 조금이라도 인간답게 살게 만들어 주려고 발버둥 치는 모습이 밭갈이나 달구지 소가 목에 걸친 벗길 수 없는 멍에[1]와 같이 자기의 일생을 자녀에게서 벗어나지 못하고 헌신하는 속박의 삶이라는 생각이 든다.

이 책은 발달장애인 중 다운증후군과 자폐증세를 가진 난치병 자녀를 둔 어머니들이 '주간 보호센터'에서 운영보고회를 마치고 마련해 준 간담회 자리에서 밤이 새도록 장애 아이를 키우면서 겪었던 어머니로서의 한과 고통스러운 인생 삶을 그린 책이다.

실제, 이 책의 저자는 지적장애인인 1급 중증 다운증후군의 자녀를 둔 사람으로 내 아이의 성장 과정과 그 아이를 키우고 보살펴 주는 어머니의 고달 픈 인생길을 옆에서 직접 보고 체험하면서 살아가고 있는 사람이다.

---

1. 수레나 쟁기를 끌기 위하여 마소의 목에 얹는 구부러진 막대로 쉽게 벗어날 수 없는 구속이나 억압을 비유적으로 이르는 말.

그리고 이 책을 발간하게 된 동기는 우리 이웃에 말 못하는 고통 속에 장애인을 키우고 보살피는 수많은 어머니를 위로하고, 그 가족들에게 조금이라도 위로가 되었으면 하는 생각과 친족 중에 이런 분들이 계시면 마음의 상처를 받지 않도록 서로 조심하면서 말 한마디라도 따뜻하게 위로해 주고 격려해 주었으면 하는 마음과 젊은 어머니 중에 정신발달 장애아동을 양육하고 계시는 분이 계신다면 아이로 인한 갈등에 자기의 젊은 인생을 포기하지 마시고 주어진 환경에 적응하면서 나름의 행복을 찾아가셨으면 하는 마음에서 장애아동을 키운 선배 부모로서 격려하고자 작성한 글입니다.

　　그리고 혹시 발달장애인들이 생활하는 곳에 복지사로 종사하는 분이 계신다면 복지사들이 장애인의 어머니나 가족분의 가슴 아픈 마음을 조금이라도 더 이해하는 데 도움이 되었으면 하는 마음에서 쓴 책이다.

　　마지막으로 나의 아이를 수많은 어려움과 갈등 속에서 각종 난관을 헤치고 아무 탈 없이 건강하게 키워 준 나의 사랑하는 아내와 장애인을 보살피고 있는 수많은 어머니에게 조금이라도 위로가 되었으면 하는 마음에서 이 글을 바치고자 합니다.

2022년　월
글쓴이 : 김 복 희

▪ 나오는 사람

● 샛별 어머니
72세, 다운증후군 1급 장애인인 샛별(남, 29세) 어머니
남편은 중등교원 퇴직자로 세 식구가 살고 있음.
농부, 청송원 주간 보호센터 운영위원장

● 꽃님 어머니
67세, 난치성 발달장애인 1급 인 꽃님(여, 37세) 어머니
남편은 교통사고로 죽고 꽃님이와 둘이 살고 있음.
착실한 불교신자

● 하늘 어머니
59세, 자폐증 발달장애인 1급 인 하늘(남, 30세) 어머니
남편은 중소기업의 사외 이사로 해외 파견근무 중으로
별거 생활을 하고 있어 현재는 하늘이와 둘이 살고 있음.
전직 중등교사

● 천호 어머니
52세, 다운증후군 2급 장애인인 천호(30세) 어머니
남편은 택시 기사로 이혼하여 천호와 둘이 살고 있음.
대형마트 알바생

- **봉우 어머니**

  59세, 난치성 발달장애인 1급 인 봉우(남, 35세) 어머니
  남편은 회사원으로 딸과 네 식구가 살고 있음.
  활동보조사

- **윤정 어머니**

  59세, 난치성 발달장애인 2급 인 윤정(여, 31세) 어머니
  남편은 회사원으로 작은 딸과 같이 네 식구가 살고 있음.
  기독교 신자

- **이사장**

  여, 75세, 청송원 이사장
  청송원은 발달장애인의 생활시설이며 같은 울타리 안에
  장애인 재활센터와 주간 보호센터까지 운영하고 있는
  여장부임.

- **센터장**

  여, 50세, 1급 복지사로 청송원안에 있는 주간 보호센터
  센터장

목차

2부. 세월이 흐르니 마음속에 서광이

1부. 어머니의 분노

　　천사보다 더 아름다운 어머니의 마음이 동해의 거친 파도에 묻혀버린 갯바위 마냥 헤어날 수 없는 고통이 장애 아이를 키우는 어머니의 마음이라~

1. 내 자식을 위하여

2022. 1. 24. 동해시 추암 촛대바위

　　동해의 용왕님께 촛불을 밝히고 자식을 장애에서 벗어나
게 해 달라고 기도하는 어머니의 넋이 갯바위로 변한 모습을
한 동해시 추암공원에 있는 촛대 바위

"이사장님은 여자분이 어떻게 이런 힘들고 어려운 복지원을 운영하시게 되었는지 궁금하네요?" 하고

생활이 찌들어서 그런지 얼굴에 핏기라고는 하나도 보이지 않으며 남루한 옷차림을 한 천호 어머니가 아직 젊어서 그런지 얼굴을 붉히며 나이가 지긋한 이사장에게 인사말인지 아니면 정말로 몰라서 그러는지 모르지만, 말을 꺼낸다.

그러자

"천호 어머니는 천호가 여기에 온 지 얼마 안 되어 잘 모르시나 보네. 우리 이사장님도 한이 서려 가슴에 멍이 가득한 분인데" 하며 나이가 지긋한 샛별이 어머니가 아는 체한다.

남풍이 훈훈하게 불어오는 4월 어둠이 깔리기 시작한 저녁녘에 테이블을 중심으로 여자들 여덟 사람이 둘러앉아 있다.

이사장이란 사람은 머리가 희끗희끗한 것이 70대 중반이 넘게 보였으며 둘러앉아 있는 여자들은 70대 전후로 보이는 사람이 두 사람이고 나머지 다섯 사람은 50대 초·중반쯤 되어 보였다.

오늘 이 모임은 해마다 봄이 되면 청송원 주간 보호센터에서 시설 이용자의 보호자들에게 1년간 시설 운영에 대한 보고회를 하고 보고회가 끝난 다음 보호자와 이용자들에게 저녁 만찬을 베풀어 주는 행사가 있다.

그런데 오늘은 새로 온 센터장의 생각인지 아니면 이사장의 생각인지 모르지만, 만찬이 끝난 후 주간 보호센터 센터장이 이사장의 배려라고 하면서 시간이 있는 보호자들과 다시 장소를 옮겨 간단한 다과회 자리를 마련한 것이다.

원래 청송원 주간 보호센터를 이용하는 사람은 열다섯 사람이나 센터 차를 이용하는 사람과 사정이 있는 사람들은 먼저 가고 이 자리에 참석한 사람들은 다른 친·인척이나 장애인 활동보조사들이 자녀를 데리고 간 사람들로 자녀를 집으로 돌려보내고 어머니들만 다시 모인 것이다.

이 사람들이 모여 있는 곳은 평소 청송원의 이사장이 사용하는 직무실로 직무실 가운데에 있는 긴 테이블 위에는 간단한 다과와 음료수가 놓여 있다.

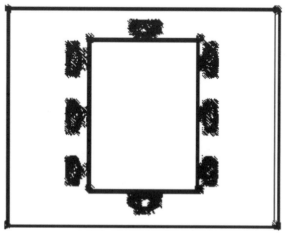

어머니들의 좌담회 모습

천호와 샛별이 어머니의 이야기를 듣고 있던 이사장은 자기의 한이 서리는지 앞에 놓여 있는 음료수 잔을 입에 대며 자신도 모르게 한숨을 내쉰다.

그러자 이사장과 나이 차이가 별로 없어 보이는 샛별이 어머니가 음료수를 한잔 더 따라주고 자기도 음료수로 입을 적시며

"소문은 들었지만, 여자가 이런 어려운 복지 시설을 운영하게 된 동기가 무엇인지 어려우시겠지만 한마디만 말씀해 주실 수 없을까요?" 하자

센터장이란 사람이

"이사장님, 어머니들이 궁금해하시는데 한 말씀 들려주시지요?

그리고 오늘 어렵게 만들어진 자리인 만큼 어머니들도 앞에 있는 음료나 다과를 들면서 그동안 가슴에 서린 한을 풀어보는 시간이 되었으면 좋을 것 같네요." 하자 모두 다 서로의 얼굴만 쳐다본다.

그러자 센터장은 다시

"가슴에 서린 한을 밖으로 풀어내면 속병이 없어진다고 하던데, 먼저 이사장님이 복지원을 설립하게 된 동기부터 간단하게 들려주시지요?" 하자 모두 손뼉을 친다.

그러자 이사장은 한숨을 내쉬며

Ⅰ. 내 자식을 위하여

"오늘 어머니들이 나를 슬프게 만들려고 하네." 하면서
또다시 음료수로 입을 적신다. 그러면서

"참 내 인생도 기구하다오.

나는 자식을 삼 남매 두었는데 첫아이가 지적 장애가 있
는 아들로 여러 가지 합병증에 시달리고 있었으며, 그다음은
딸만 둘을 두었지요.

그러다 보니 애 아버지가 집안사람과 동네 사람들에게 창
피하다고 고향을 떠나 이곳까지 오게 되었답니다.

그때는 지금과 달리 우리나라는 장애인에 대한 인식이
부족하여 장애인을 둔 부모는 자신도 모르게 사회의 죄인
이 되었지요.

그리고 장애인이 밖으로 나가면 아이들이 따라다니며 놀
리고 사람들이 흉을 봐 밖에 나가 놀 수도 없는 사회였답니
다." 하며 한숨을 짓자 샛별이 어머니가

"그려요. 1970~80년대까지만 해도 장애인은 그만두고 딸
만 낳고 아들이 없으면 집안 어른들에게 죄인이 된 것 같이
기를 펴지 못했고 마을 사람들도 아들이 없다고 뒤통수에 대
고 손꼬락 질을 하며 수군대던 것이 우리나라였지요." 하며
장단을 맞춘다.

"이곳에는 친척도 없고 아는 사람이 없었으며, 고향에서
모든 재산을 정리하여 가지고 온 돈으로 시내 주변에 농사
나 지으며 조용히 숨어서 살자고 배나무가 심어 있는 야산의

구릉지를 하나 산 것이 지금 청송원이 있는 이곳이랍니다.

그러나 아이들이 크면서 마음의 갈등은 끝이 없었다오."
하며 한숨을 내쉬고 조금 숨을 고른 다음 다시 이야기를 시작한다.

"우리가 타관에 와 살면서 가장 어려웠던 것은 아들의 학교 문제였지요.

그때는 우리 지방에 특수학교가 생기기 전이라 일반 초등학교에 열 살이 넘어 느지감치 제 동생과 함께 초등학교에 보내 봤지만 같이 다니는 여동생이 창피하다며 같이 가지 않겠다고 하고 담임선생님에게도 미안하여 6개월 정도 다니다 그만두게 되었답니다.

그러다 보니 내 큰아들은 의무교육인 초등학교도 제대로 다니지 못한 사람이 되었으며 매일 집안에만 있는 사람이 되었지요."

"이사장님의 그때 심정을 이해할 것 같네요.

제 딸도 13살이 될 때까지 학교를 보내지 못했으니까요."
하면서 꽃님이 어머니가 거든다.

"이런 세월 속에 아이는 성장하여 어른이 되어 가는데 아들의 장래를 생각하니 앞길이 막막했지요.

그러다 1980년대부터 우리나라도 경제 규모가 커지자 국가에서 장애인에 대한 관심이 조금씩 높아지기 시작하면서 장애인에 관한 법들이 하나둘 생기기 시작했지요.

우리 부부는 점점 늙어 가는데 앞으로 우리가 죽고 나면 내 아이가 이 세상에서 고통받지 않고 살아갈 방법이 무엇이 있을까? 하는 고민을 하기 시작했답니다.

이런 고민 속에 마음의 위안을 얻고자, 온 가족이 열심히 성당에 나가고 있었는데 어느 날 신부님이 우리 부부의 고민을 알고 이곳에다 장애인 생활복지원을 만들어 운영해 보라고 하잖아요.

그러면서 자기가 적극적으로 지원해 줄 테니까 복지원을 만들어 아이와 같이 생활하다 다음 이사장에게 복지원을 넘겨주면서 아이를 부탁하면 되지 않겠냐는 식으로 말씀을 하셨지요."

"신부님이 방법을 가르쳐 주셨군요." 하고 센터장이 한마디 거든다.

"그런 와중에 어느 날 지방에 있는 사립대학에서 사회복지학과 교수를 한다는 5촌 조카가 찾아와 6촌 동생을 위하여 지금 이곳에다 장애인 시설을 하나 만들면 사회를 위해서도 좋고 보람된 일이며 아이의 장래도 보장된다고 권하잖아요.

그러면서 우리나라도 앞으로 사회가 점점 발전하면서 사회복지를 강조하는 나라로 변해 갈 것이며 정부에서도 적극적으로 지원해 줄 것이라고 침이 마르도록 권했지요.

그런데 어디 일이 그리 쉽게 됩니까?

더구나 관공서 돈을 이용하는데…"

"그려요, 이렇게 큰 시설을 만드는데 과정이 얼마나 복잡했겠어요." 하며 젊은 어머니 한 분이 거든다.

그러자 센터장과 어머니들이 돌아가며

"대단해요. 이사장님!"

"결단하기도 쉽지가 않았을 텐데?"

"가족들은 모두 쉽게 찬성했던 모양이지요?" 하고 한마디씩 한다.

"아니지. 처음에는 갈등도 많았고 고민도 많이 했지요.

특히 애 아버지가 고향도 아니고 타관에서 잘 알지도 못하는 일이 그리 쉽게 되겠냐며 극구 반대하다가 아이가 커가면서 내가 고민하는 것이 안쓰럽게 보였나 어느 날 '어디 한번 해 봅시다'라고 허락을 하잖아요.

그래서 시작하게 되었답니다."

모두 이사장의 이야기에 귀를 기울이며 대단하다는 눈초리로 쳐다보고 있다.

그러자 센터장이

"어머님들 이사장님 이야기도 좋지만, 앞에 있는 음료수와 과일도 좀 드시면서 이야기를 나누시죠." 하며 다과를 권하자 이사장도 약간 목이 멘 소리로

"나도 한 잔 더 마셔야겠는데..." 하며 어머니들에게 과일이나 음료수를 한 잔씩 더 마시라고 권한다.

이렇게 시작된 이야기는 끝이 없이 흘러갔다.

이사장은 복지원을 설립하는 과정에서의 어려웠던 점과 시청 복지과 직원의 적극적인 자문과 신부님의 도움으로 우리 시에서 처음으로 장애인 복지시설을 만들게 되었으며 그동안 우리 지역 각 관공서에서도 많은 격려와 물적 지원을 아끼지 않고 지원해 주어 지금의 모습으로 발전하게 되었단다.

그러나 처음에는 다양한 형태의 장애인에 대한 인식과 경험 부족으로 많은 시행착오를 거치기도 했으며, 특히 지적장애인이 특성에 따라 행동이 달리 나타나는데 그에 대한 이해가 부족하여 어려움이 많이 있었단다.

그런가 하면 시설에서 일하는 사람들과도 사람을 다뤄본 경험이 없어서 많은 시행착오를 겪었으며 서로가 이해 부족으로 갈등도 많았단다.

"그럼 청송원이란 이름은 어떻게 짓게 되었나요?"

"아~ 청송원, 그 뜻은 '푸른 소나무'를 뜻하는 말로 내 아들과 여기에 사는 사람들이 사계절 동안 늘 푸른 소나무같이 건강하게 살라는 의미에서 붙인 이름으로 내가 지었지요."

"그러면 여기에 지적 능력이 부족한 사람만 사는 것 같은데 무슨 이유라도 있나요?"

"그것은 내 아들이 지적발달 장애아들이다 보니 그리되었다오."

"그런데 남편 되는 분이 이사장을 맡지 않고 어찌 여자분이 이사장을 맡고 있는지 궁금하네요."

"오늘 내 속을 다 보여주어야 할 것 같네." 하며 허공에 시선을 두고 한숨을 내쉰다.

그러더니

"사실은 청송원이 정착되기 전에 합병증을 가지고 있던 아들은 일찍 잃었고 얼마 안 있다가 화병인지 과로인지 남편도 세상을 떠나고 말았다오."

"어머나~"

"예에~" 하며 서로들 놀라는 소리가 나온다.

"남편은 어느 일요일 날, 전날 행사가 있어 소란을 피우고 늦잠을 자고 일어났는데 이 사람이 소리가 없어 늦잠을 자나 보다 하고 놔두었다가 9시가 다 되어도 소리가 없어 그가 자는 서재에 들어가 보니 침대에서 떨어져 방바닥에 쓰러져 기절하고 있잖아.

깜짝 놀라 119를 불러 병원에 데리고 갔더니 담당 의사 말이 너무 늦게 왔다고 하지 뭐야요."

"예~?" 하며 서로 얼굴을 쳐다보며 놀라는 표정이다.

"그러다 보니 이 청송원이 나에게는 한이 맺혀 있는 곳인데 죽은 아들과 남편 생각에 성질이나 더 멋지게 운영해 보자고 이를 악물었지 뭡니까?"

"그렇군요. 정말로 대단하네요.

그런데도 주간 보호센터까지 운영하게 되었으니?"

"주간 보호센터는 딸 때문에 만들었지요.

내 팔자가 기구해서 그런지 장애인이 아들 하나만 두었으면 된 줄 알았는데 전생에 무슨 죄를 그리 많이 지었는지 어려움 속에 큰딸이 결혼해서 좋아했더니 첫 외손자가 뇌성 마비인 장애 아이를 낳지 않았겠어요."

"예~?"

아직 이사장네 가족의 아픔을 잘 모르는 하늘이 어머니가 의아해한다.

그러자 주간 보호센터의 운영위원장을 맡고 있는 샛별이 어머니가

"주간 보호센터에 휠체어를 타고 있는 사람이 이사장님의 외손자인 것을 몰랐구나."

"아~ 그래요,

저는 하늘이가 이곳에 온 지도 채 1년이 안 되었으며 평소는 활동 보조사의 지원을 받다 보니 이곳을 잘 몰랐지요."

"듣고 보니 그렇겠네.

우리 이사장님은 몸만 여자이지 하는 일은 여자가 아니라

오.”하며 칭찬을 아끼지 않는다.

"내 아들이 장애인이라 갈등과 고통 속에 살았는데 딸까
지 장애 아이를 키우는 모습이 너무 가슴이 아팠다오.
딸아이가 커가면서 혹시 저희 오빠 때문에 혼기를 놓칠
까 봐 근심과 걱정 속에 살았는데 지금 사위가 마음에 썩 내
키지 않았지만, 저희끼리 서로 좋아서 연애하고 있다니 반대
하지 못하고 혼인을 시켰지요.
마음에 들든 안 들든 결혼을 하게 되니 얼마나 기뻐했는
지 모르는데 그의 첫아들이 뇌성마비라니 부모로서 무어라
표현할 수 없이 괴로웠지요.
그래서 학교도 제대로 다니지 못하는 외손자를 위하여
주간 보호센터를 만들어 생활하게 한 것이랍니다.”하며 숨
을 고른다.

"얼마나 마음고생이 심했을까?
나도 우리 샛별이 때문에 저희 누나들이 늦게까지 결혼
을 하지 않아 우리 부부도 말은 못하고 속으로 얼마나 마음
조아리며 살았는지 아무도 그 속을 모르지요.”하며 샛별이
어머니가 거든다.

"지금은 멀쑥한 집안의 아가씨들도 혼자 사는 사람이 많
은데 그때는 여자가 혼기를 놓치면 큰일 나는 줄 알았지요.
사실은 외손자보다 장애 아이를 키우는 딸의 모습이 장애

인을 키워 본 어미로서는 더 애처로워 볼 수가 없어 만들었
다고 하는 것이 맞겠지?" 한다.

그러자 센터장이
"우리 이사장님은 여기 있는 어머니들의 심정을 너무나
도 잘 이해하고 계시지요." 하며 칭찬하자

이사장은
"가만있어 봐. .
나만 이야기할 것이 아니라 여기 있는 어머니들 모두 돌
아가면서 속에 있는 마음을 풀어 놔 보지, 뭐~"

그러자 센터장이 나서서
"그렇게 하지요.
그럼 제가 사회를 볼 테니까 지금까지 살면서 아이로 인
하여 쌓여 있던 괴로움이나 가슴 아팠던 이야기를 나누어 보
지요.
먼저 내 아이가 장애인이란 것을 언제, 어떻게 알았나부
터 이야기해 볼까요?

그럼, 먼저 우리 주간 보호센터에 들어온 지가 오래되었
고 운영위원장을 맡고 계시는 샛별이 어머니부터 이야기해
보시지요." 하자
자리 분위기 탓인지 모르지만 모두 그동안 눌렸던 감정

이 풀어지는지 서로 좋다며 그리하자고 이구동성으로 대답하며 손뼉을 친다.

2. 하늘에서 날벼락이

2020. 1. 12. 부산 기장 대변항 멸치그물 조형물

동해에서 마음 놓고 살다 자신도 모르게 그물에 갇혀 버린 조형물의 멸치처럼 자기도 모르게 인생의 낙(樂)이 장애아이의 덫에 걸린 어머니의 삶을 누가 알까?

화사한 천으로 가려진 커튼 밖에는 4월의 훈훈한 봄바람이 부는지 희미한 전등불에 비친 앙상한 나뭇가지에 하얀 백조처럼 아름다움을 뽐내는 백목련의 하얀 꽃봉오리가 바람에 흔들리는 모습이 으쓱하면서도 아름답게 흔들거리고 있다.

좀 뜸을 들이던 샛별이 어머니는
"내 아이가 장애인이란 것을 확실하게 안 것은 생후 8개월부터 알게 되었지요.
우리 아이는 위에 누나들이 셋이나 있는데 바로 위에 있는 누나와는 12살이나 차이가 난답니다."

그러자 센터장이
"늦둥이인 모양이지요?" 한다.
"아마 지금같이 여자가 결혼을 늦게 하는 시대에서는 그리 늦둥이도 아닌데 그때만 해도 여자 나이가 40이 넘어서 아이를 낳으면 늦둥이라고 흉을 보는 사회였지요."
"그려." 하고 나이가 많은 이사장이 동조한다.

"이 아이는 내 나이 44살에 낳으니 창피하기도 했지만, 아들을 꼭 나야겠다는 생각이 있어 난 것이 아니겠어요."
"그럼 임신 중에 아들이란 것을 알고 출산한 모양이네요."
"지금은 임신 중에 태아의 성별 검사를 못 하게 되어 있

2. 하늘에서 날벼락이

지만, 그때는 아들 선호 사상으로 비일비재하게 태아의 성별 검사를 하고 있었지요." 하자

센터장이
"그래요. 우리 사촌 언니도 딸만 넷이 있는데 그다음 태아를 성별 검사한 결과 딸이라고 하여 낙태시킨 일이 있었지요."

"그러다 보니 아들과 딸의 성비가 맞지 않아 제가 결혼할 때만 하더라도 신랑이 나이가 많았는데 요즘은 반대로 여자가 나이가 많지요."
"글쎄, 그래서 그렇게 된 것인가?" 하며 서로 한마디씩 주고받는다.

"샛별이 어머니는 꼭 아들을 낳아야 할 이유가 있었나요?"
"꼭 이유가 있다기보다는 우리 부부는 양쪽 집안이 모두 7남매인 집안에서 큰아들과 큰딸이 만났지요.
그러나 보니 큰 며느리가 아들이 없자 친정어머니가 만나기만 하면 아들 하나 두라고 신신당부를 하고, 나도 시댁의 대를 끊는 것 같아 시부모나 남편에게 미안한 마음도 있었고..."
"그려요.
그 시절에는 아들이 없으면 여자는 죄인 같았는데 더구나

큰 며느리이면 얼마나 마음고생이 심했을까?"

"그럼 샛별이 아버님도 아들을 원하던가요?"
"아니요.

샛별이 아버지는 학교에 계셨는데 아들이 무슨 필요가 있
냐며 둘만 낳을 때 그만 낳자고 하는데 딸을 셋까지 낳자 이
아이들만 잘 키우자고 신신당부했지요.

그런데 말은 그렇게 하면서 술 한 잔 먹고 오면 친구들이
놀리나 자기도 모르게 아들 타령을 하는 것이 내 마음에 걸
리며 살고 있는데 40이 넘어가니 아이가 생기지 않아 아이
낳는 것이 끝난 줄로 알았답니다."

"그 시절에는 국가에서 산아 정책으로 남자들에게 정관
수술을 받으면 예비군 훈련도 면제해 주었던 것으로 기억이
되는데 샛별이 아버지는 정관 수술을 받지 않았던 모양이지
요." 하고 이사장이 한마디 한다.

"그 사람은 겁이 많아서 그런지 병원 가는 것을 싫어했으
며 나도 권하고 싶지 않았지요."

"그래서 어떻게 되었어요?"

서로 궁금하다는 듯 이야기를 재촉한다.

"그러다 내 나이가 44살이 되던 해 갑자기 임신하게 되
었지요.

처음에는 창피한 생각이 들어 말을 못 하다가 원래 입덧
이 심한 사람이라 들키기 전에 애 아빠한테 말을 했더니 그

는 깜짝 놀라면서 이제는 그만 낳자고 낙태를 권하지 뭡니까."

"낙태를요?"

"그때는 정부에서 인구 억제 정책으로 아들딸 구별 말고 둘만 낳아 잘 기르자고 계몽할 때인데 중학교에서 사회를 가르치는 사람으로 미안했던 모양이에요."

"그렇겠네요,

제가 학교 다닐 때 사회 시간과 도덕 시간에 인구 교육에 대해서 배우고 시험문제에도 여러 번 나온 것으로 기억되는데, 아마 나중에는 아들딸 구별 말고 하나만 낳자고 배운 것으로 기억이 남아 있죠."

"제 기억에도 고등학교 입학시험 문제까지 나온 것으로 기억나는데요."

"한때는 하나만 나면 세금도 우대해 준다고 한 것 같은데, 기억이 가물가물해서 자세히 모르겠네?"

"이야기하다 보니 호랑이 담배 피우던 시절 같은데 그것이 고작 20~30년 전 일이잖아요."

"그런데 지금은 결혼도 하지 않으려 하고 결혼을 했어도 아이를 낳지 않는 젊은 부부가 얼마나 많아요."

"참 세상일이란 알 수가 없지요.

그렇게 국가에서 권장해도 듣지 않던 인구 과잉 문제가 이제는 줄어들어 난리이니."

"지금은 정부에서 출산장려금까지 지급하는 세상으로 변해 자나요." 하며 대화가 인구정책으로 흘러가 서로 아는 체한마디씩 한다.

"그래서 어떻게 되었습니까?"

"남편 몰래 병원에 찾아가 태아의 성별을 검사했더니 글쎄 아들이라고 하는데 얼마나 좋은지, 10년 묵은 체가 쑥 내려가는 것 같은 기분이었지요."
"그래요. 얼마나 기뻤겠어요."
"좋아서 그날 퇴근하고 들어오는 애 아빠한테 이야기했더니 그의 얼굴에도 함박만한 웃음을 웃으며 좋아하잖아요."
"얼마나 좋았겠어요."
"이렇게 해서 나이를 먹은 여자가 아이를 낳는 것이 창피하여 남들이 잘 알지 못하도록 배를 감추며 낳은 아들이 우리 샛별이랍니다."

"얼마나 기뻤을까."

"대학병원에서 아이를 낳고 좋아서 창피한 줄도 모르고 시어머니도 와 있는데 친정엄마를 붙잡고 엉엉 울면서 '내가 아들을 낳았다고, 나 혼자 힘으로 아들을 낳았다고' 하며 엉엉 울던 기억이 지금도 생생하게 남아 있는데 그 아이가 내 인생을 이렇게 붙잡아 맬 줄 누가 알았겠습니까?"

"그럼 아들이 장애인이란 것을 언제 알게 되었나요?"

"예~, 아이를 키우는데 제 누나들과 커가는 모습이 어딘지 모르게 다르다는 것을 느끼기 시작했죠.

처음에는 아들이라 성장과정이 딸들과 다른 모양이라 생각했는데 아이가 순하고 늦되는 것 같다는 생각이 들어 태어난 지 7개월쯤 되었을 때 출산한 병원에 찾아가 이상하다고 이야기하자 담당 의사가 보더니 아이가 좀 이상하다며 검사를 해 보자고 해서 검사를 해 보았지요."

"그래요? 검사 결과가 바로 나왔나요?"

"아니요, 검사는 서울에서만 할 수 있다고 하면서 아이의 피를 뽑은 다음 보름 후에나 결과가 나온다고 하여 설마 하면서 돌아왔답니다."

그러면서 감정이 북받치는지 잠깐 멈추며 자기 앞에 있는 음료수를 들어 입을 적신다.

그러자 이사장도 목이 마른지 음료수를 따라 마신다.

목이 풀렸는지 샛별이 어머니의 이야기는 술술 흘러나왔다.

"그러다 보름이 지난 후 오후 4시쯤 병원에서 전화가 왔는데 의사 하는 말이 우리 아이가 '다운증후군[2] 이란 장애인'이라고 하여 나는 장애인이란 말에 깜짝 놀라

---

2. 다운증후군은 사람의 21번 염색체가 3개일 때 나타나는 염색체 돌연변이를 말한다.

'예?' 하고 반문하자 다시 다운증후군이라며 일명 몽골리즘[3]이라고도 하는 난치병을 가지고 있다고 하잖아요.

그래서 어떻게 해야 고치냐고 묻자 의사 말이 '이 병은 염색체 이상으로 고칠 수가 없는 난치성입니다' 해서 난치성이란 말에 더 전화를 받지 못하고 멍한 채 전화를 끊고 말았지요."

"어머, 세상에 얼마나 놀랐을까?"

"눈에서는 나도 모르게 눈물이 왈칵 쏟아지며 앞이 보이지 않잖아요.

멍한 채로 얼마나 있다 정신을 차리고 청주에 있는 교원대학에서 3개월간 연수에 가 있는 남편에게 연락했지요." 하자

하늘이 어머니가

"선생님도 얼마나 놀랐을까?" 한다.

"그때는 핸드폰이 없던 시대잖아요.

그래서 대학교 서무실에 전화하여 연수생에게 전화 연결을 부탁하자 처음에는 연수생에게 전화를 연결해 주지 않는다고 거절하다 이쪽 목소리가 다급한 것 같은가? 조금 머뭇거리다 알았다며 집으로 전화하라고 하겠다며 끊잖아요.

얼마 후에 전화가 걸려 와 나는 우는 목소리로

---

3. 서양에서 다운증후군을 가진 사람이 몽골인과 비슷하다고 하여 붙인 말로 지금은 몽골인을 비하하는 말이라고 하여 사용하지 않는 용어임

2. 하늘에서 날아락이

'여보 우리 샛별이가 다운증후군이래.' 했더니

'다운증후군이 무엇인데?' 해서 울먹이는 소리로

'나도 몰라. 의사가 다운증후군이란 장애 아이로 고칠 수가 없다는 말에 그다음은 잘 알아들을 수가 없었어.' 라고 대답했죠.

그러자 그는 역시 남자라 그런지 침착하게

'너무 걱정하지 마.

내가 한 번 자세히 알아볼 테니까? 내일 집에 가서 이야기해요.' 하면서 전화를 끊었지요.

그는 다음 날이 토요일이라 오전 교육을 마치고 오후에 들어오는데 얼굴이 누렇게 떠 가지고 들어오면서 말이 없잖아요.

그러면서 얼마나 내 눈치를 살피더니

'다운증후군 몇 번이래?' 하고 물어 와 생각해 보니 의사가 몇 번이란 말을 해 주었는데 장애라는 말에 놀라 제대로 듣지를 못했지요.

그래서 모르겠는데?

의사가 몇 번이라고 말한 것 같은데 잘 알아듣지 못했어. 하자 그는 더 말을 하지 않고 나를 위로하고 자기 방으로 들어갔지요.

그리고 그로부터 꽤나 시간이 흘러간 후 내 감정이 어느 정도 가라앉자 자기가 교육받고 있는 교원대학교 도서관에 들러 심리학과 교육심리학 책을 모두 끄집어 내놓고 찾아보니 다운증후군이란 병은 염색체 이상으로 염색체 수에 따라 다양한 모습으로 나타나는데 지능이 현저하게 낮다든지, 남성이나 여성의 성염색체가 하나씩 더 많은 예도 있고, 또는 고양이 얼굴과 같은 흉한 모습을 가진 사람도 있다고 말하잖아요.

그러면서 이 병은 유전이 아니라 어느 나라에서나 인간에게 나타나는 하나의 돌연변이로 젊은 산모에서는 150여 명의 아이 중에 하나씩 태어나고 40이 넘은 나이 많은 산모한테는 80여 명에 하나씩 태어나는 데 대부분 아이가 다른 합병증을 앓고 있어 태어나기 전에 유산되든지 아니면 태어나서도 오래 살지 못하기 때문에 우리 눈에 잘 띄지 않는다고 설명하잖아요.

그러면서 자기도 절망을 하고 책을 더 찾아보고 있는데 '어떤 교육 심리학책에서 이 아이들도 아이에 따라서는 교육을 잘만 하면 일상생활을 하는 데 크게 지장을 느끼지 않으며 살아갈 수 있다고 기록되어 있다'고 몇 번의 염색체에 이상이 있는지 모르지만 잘 키워 보자며 나를 안심 시켜 주었지요." 하자
　옆에서 듣고 있던 젊은 어머니들이
　"얼마나 마음이 아팠을까?"
　"그래서 몇 번인지 알아보았나요?" 하고 묻는다.

"아니요, 그다음은 병원에 가 보지 않았지요."

"궁금하지 않았어요?"

"궁금했지만 애 아빠도 용기가 나지 않는지 몇 번에 이상이 있는지 알아보려고 하지 않았지요." 하며 이야기를 멈춘다.

그러자 센터장은

"천호는 언제부터 다운증후군인 것을 알았나요?" 하며 센터장이 천호 어머니에게 천호 이야기를 해 보라고 권한다.

그러자 천호 어머니는

"샛별이 어머니는 교육자 집안이라 일찍 알은 모양인데 우리는 그렇지 못했지요.

우리 천호는 아버지가 택시 운전기사로 먹고살기에 바빴으며 위에 형이 있는 둘째라 별로 관심이 없어 상당히 늦게 알게 되었지요." 하자

샛별이 어머니가 이상하다는 듯

"아이가 성장하는 모습이 늦되지 않았어?"

"예, 저희 형보다 성장 속도나 하는 행동이 조금 늦되는 것 같았지만 단순히 조금 늦되는 아이라고만 생각하면서 별로 관심 없이 키우고 있었지요."

"아 그래요.

걷는 것이라든지 말하는 것에서 차이가 많이 나던데..."

"걷는 것이나 말하는 것은 제 형보다 3~4개월 정도 늦되

어 그냥 그런 모양이라고만 생각했지요."

"그래요.

우리 샛별은 걷는 것이 근 7~8개월이나 늦어서 처음에는 걷지도 못하는 줄 알고 걱정을 많이 했는데 늦게나마 걷는 것이 얼마나 고마웠던지."

그러자 하늘이 어머니가

"그렇게나 늦게 걸었어요?" 하며 의아해한다.

"샛별이는 나이가 많은 산모가 낳은 아이라 그렇고 천호는 젊은 산모가 난 아이라 그런 모양이지."

"설마 그럴까요?"

"이제 조금 알 것 같네.

아마 천호는 우리 샛별이보다 지능이 높기 때문에 표시가 별로 나지 않아 잘 몰랐던 모양이지?

그럼 언제 다운증후군이란 것을 확실히 알게 되었어?"

"어려서는 다운증후군이란 것도 확실히 알지도 못했어요.

아이가 커가면서 얼굴 모양이나 하는 행동이 저희 형과 다르다고 느끼고 있었으며 하는 행동이 일반 아이들과 달라 밖에 나가면 다른 아이들의 놀림으로 따돌림을 당하곤 했지요.

그러다 학교에 들어갈 나이가 되어갈 때 고민하고 있는데 주변에서 이런 아이는 일반 학교로 보내지 말고 그때 막

2. 하늘에서 날아락이

생긴 사랑학교로 보내야 부모 마음이 편하다며 특수학교로
보내기를 권했지요.

그래서 특수학교를 찾아가 입학을 시키려고 하자 학교에
서 아이가 장애인인지 병원에 가서 확실하게 검사해 보라고
하잖아요.

그때야 병원을 찾아갔더니 큰 병원에 가서 검사해 보라
고 해서 대학병원에 가서 검사한 결과 염색체 이상이라는 것
을 알게 되었지요."

"상당히 늦게 알게 되었네요?"

"부모가 못 배워서 그렇지요." 하면서 자기 신세타령이
흘러나온다.

그러자 센터장이

"그럴 리가 있나요, 살다 보니 바빠서 그랬겠지." 하면서
눈치 빠르게

"이제 꽃님이 어머니가 들려주시죠?" 한다.

"제 아이는 5살 때 병원에 가서 검사를 받아 본 결과 산후
조리가 잘못되어 뇌 발달에 이상이 생겨 정신 발달 지체라는
것을 알게 되었지요."

"상당이 늦게 알게 되었네요?"

"큰아이라 아이를 키워 본 경험이 없어 늦게 알게 된 것
같아요.

주변 사람들이나 인척들이 이상하다고 생각하고 있었던 모양인데 건축업을 하는 남편을 돕다 보니 아이에게 크게 신경을 쓰지 못하고 또 내 아이는 늦되는 모양이라고만 생각했지요."

"산후조리가 잘못되었나요?"

"아이를 낳을 때 친정어머니가 병으로 병원에 계셨고 시골에 계신 시어머니의 도움도 받을 처지가 못 되어 나이 어린 동생이 와 있었는데 바쁜 일손이다 보니 제 몸 관리를 제대로 하지 못한 모양이에요."

"어머나 먹고 사는 것이 무엇이라고." 하며 이사장이 안쓰럽다는 표정을 짓는다.

그러자 꽃님이 어머니는 무안한 듯

"그렇게 말이에요. 그놈의 돈이 무엇인지.

제 몸도 그렇지만 정신없이 살다 보니 아이를 데리고 병원에 가야 하는 시기를 놓치고 만 것이지요."

"그럼 일찍 병원에 갔으면 고칠 수가 있었데요?"

"지금보다는 상태가 양호해질 수 있었으며, 산후조리만 잘 되었으면 그리되지 않았을 수도 있었다는데 더 가슴이 아프고 아이한테도 죄를 지은 것 같아 속죄하는 마음으로 살고 있지요." 하자

이사장이

"다 제 운명인 것을 어찌하겠어요." 하며 위로한다.

"그리고, 저는 첫아이가 딸이다 보니 바로 둘째인 동생

을 두었지요.

그 아이가 아들이라 그 아이에 대하여 더 정성을 들이다 보니 혹시 딸이 그리되지 않았는지 모르겠다는 생각이 들어 마음이 더 저리고 아프답니다." 하면서 딸에 대하여 제대로 신경을 써 주지 못한 것이 마음에 걸리는 듯 미안한 표정을 지으며 물을 한 모금 마신다.

"아이의 병명은 무엇이랍니까?"
"뇌 발달 장애로 인한 자폐증이래요."
"꽃님이는 예쁘잖아요."
"외모는 멀쩡한데 머리에 든 것이 없으니 더 답답하지요." 하며 한숨을 내쉰다.

"상당히 늦게 알았네요.
다음은 제일 젊은 하늘이 어머니가 이야기해 보시지요?" 하자 그동안 귀만 쫑긋 세우고 눈시울을 붉히고 있던 하늘이 어머니가 목이 메는지 헛기침을 두어 번 하고 이야기를 시작한다.

"우리 집도 샛별이 어머님처럼 일찍 알게 되었지요." 하며 뜸을 들이다
"애 아빠나 저는 마산이 고향인데 고등학교 때부터 알게 된 사이였지요.
그러다 보니 결혼은 아이 아빠가 군대에서 제대하자마자

곧바로 하게 되었답니다." 하자

"그런데 어떻게 이곳에까지 와서 살 게 되었지?" 하고 이 사장이 묻는다.

"남편의 가까운 친척 중에 사업을 크게 하는 분이 있는데 그분의 사업체가 이곳에 있어서 회사 일을 도와주려다 보니 이곳에 정착해 살게 되었습니다."

"그렇구면, 그럼 이곳에는 친척이 별로 없겠네?"

"친척은 남편의 회사에 다니는 친정 동생 내외가 하나 있고 남편이 회사의 중역을 맡고 있어 그이 직원들 가족들과 교류하며 살고 있습니다."

"아이가 자폐라고 알고 있는데?"

"네, 우리 아이는 자폐로 태어나면서부터 뇌 발달상의 장애로 심한 자폐 증세를 가지고 있는 아이지요."

"어려서부터 문제가 있어 보이든가요?"

"아이를 낳고 몇 달이 지나갔는데 아이의 성장 과정이 이상하여 병원을 찾아갔더니 여러 가지 검사를 해보고 아이의 뇌에 이상이 있는 것 같다며 성장 과정을 지켜보자고 했지요."

"성장 과정이 다르던가요?"

"처음에는 첫아이라 모든 아이가 다 그런 줄 알았지요.

그러다 100일 때쯤 시어머니가 와서 보더니, 아이가 이상하다고 하여 병원을 찾아가 보았답니다."

2. 하늘에서 별따락이

"얼마나 황당했을까? 첫 아이가 그랬으니?" 하며 나이가 비슷한 센터장이 안쓰러워하자

"우리 부부는 깜짝 놀라 더 아이를 낳겠다고 생각하지 못했지요.

이 아이나 잘 키워보자고 하며 애 아빠는 나도 모르게 병원에 찾아가 정관 수술을 받은 모양이에요."

"정관 수술을?

대단하네요.

대부분 큰 아이가 장애아이면 다음 아이를 빨리 나려고 하는 것 같던데?"

"사실 저도 겁이나 아이를 더 낳고 싶은 생각이 없어졌지요."

"그러면 아이가 하나입니까?"

"예, 아이에 대하여 미련을 버렸습니다."

"그렇군요." 하며 모두 안쓰러워한다.

"봉우 어머니는 언제부터 알게 되었나요?"

"우리 봉우도 늦게 알게 되었지요.

처음에는 아이가 조금 늦되는 줄만 알았지요.

저희 누나보다 자라는 모습이 달라 아까 샛별이 어머니 말씀대로 처음에는 남자아이라 여자아이와 다른 모양이라고만 생각했지요.

그러다 커가면서 아이가 다른 아이와 다르다는 것을 알게 되었지만 때가 되면 좋아지겠지 하면서 살다 학교에 들어갈 때쯤 병원에 찾아가 검사한 결과 지적장애다 자폐라고 해서 확실하게 알게 되었지요."

"봉우는 키도 크고 얼마나 잘 생겼어."

"늘 책을 끼고 다니는 폼이 꼭 대학교수같이 생겼는데."

"그려요.

모르는 사람이 보면 책을 끼고 다니는 폼이 대학교수로 착각할 정도지?" 하며 봉우를 아는 사람들이 한마디씩 주고 받는다.

그러자 센터장이

"윤정이는 언제 알게 되었나요?"

"우리 윤정이도 아주 늦게 알게 되었습니다.

윤정이는 어디 특별한 병이 아니라 생후 7개월쯤 지났을 때부터 가끔 경련을 하잖아요."

"아기들은 종종 경련하는 일이 더러 있잖아요?"

"저도 단순히 그런 줄 알았어요.

아이가 첫아이라 시어머니와 친정어머니에게 물어보니 아이들은 어릴 때 종종 경련을 한다기에 그런 줄로만 알고 있었지요.

그리고 경련을 하다 조금 시간이 지나면 아무 이상이 없어 그러려니 했지 뭡니까?

그러더니 커 가면서 눈을 치켜뜨고 이를 악물기도 하고

거품을 내뿜기도 해서 병원을 찾아갔더니 뇌전증[4]이라고 하잖아요."

"뇌전증이란 말은 처음 들어 보네요."
"저도 처음 들어 봤지요.
그래서 알고 보니 아이들의 경련이나 간질을 말하는 것으로 뇌 신경세포가 일시적으로 이상을 일으켜 과한 흥분상태가 나타나는 행동으로 뇌 기능의 일시적인 마비나 만성적 또는 반복적으로 발생하는 뇌 질환이라고 하더라고요."

"어머나~ 그렇구나.
그래 치료 방법이 없대요?"
"치료 방법은 수술 방법이 있으나 그 경우는 드물고 대부분은 항경련제[5]를 계속 먹어야 한대요."
"시간에 맞추어 약을 계속 먹여야 한다고 들었는데?"
"맞아요.
약을 제시간에 먹이지 않으면 발작을 하므로 아무리 바빠도 약 먹이는 시간을 놓치면 안 되지요."
"하루 이틀도 아니고 평생을 먹여야 하니 얼마나 신경이 쓰일까?"
"그러나 어쩌겠소. 그것도 제 운명인걸."

---

4. 일명 간질이라고도 하며 아이들의 경기도 이에 포함됨.
5. 뇌전증 발작의 치료에 이용되는 약품으로 기분 안정제로도 사용되고, 신경통 등 섬유 근육통의 치료제로도 사용되는 의약품

"우리 꽃님이는 내가 어려서 관리를 잘 못해서 그렇게 되었다는데 윤정이네는 젊어서 나같이 바쁘게 살지 않았을 것 같은데?"

"우리 집은 유전이래요.
남편의 고모 한 분이 이 병으로 고생하다 돌아간 분이 있다고 나중에 남편이 이야기하잖아요."
"그 이야기를 듣고 얼마나 황당했을까?"
"이 아이와 같이 사는 것도 제 팔자인 걸 어떡하겠어요."
"그래도 조금 더 일찍 특수 교육을 했더라면 지금보다는 좋아지지 않았을까? 하는 후회를 하면서 살고 있답니다."

이렇게 돌아가면서 다 자기 아이가 장애인이란 것을 알게 된 동기를 이야기하고 나자 나이가 많은 샛별이 어머니나 꽃님이 어머니는 모든 것을 체념한 듯한 표정이고 아직 50대인 어머니들은 눈시울이 붉어지며 목이 메는지 자기 앞에 있는 음료수로 입을 적신다.

2. 하늘에서 별떨어이

3. 키우는데 얼마나 고통스러웠습니까?

2016. 10. 20. 마차푸차레의 오후 모습

    발달장애인의 아이를 정상 아이 같이 키우고자 몸부림치는 어머니의 고통스러운 인생살이가 인간에게 정복을 허락하지 않는 험난한 히말라야의 마차푸차레 봉우리를 정복하고자 하는 산악인과 같은 불굴의 의지가 아닐지?

서로 돌아가며 자기 아이가 장애인이란 것을 알게 된 동기를 말한 다음 감정이 북받치는지 다과와 음료를 권하며 잠깐 어수선한 분위기가 되었다.

그때 화장실에 갔던 이사장이 들어오면서

"밖에 봄바람이 제법 세게 부네.

오랜만에 신세타령이 시작되었으니 속에 있는 마음을 활짝 열고 밤새 이야기나 나눠 봅시다.

그러다 보면 속에 든 응어리가 조금이라도 풀려나갈런가?"

"이사장님 늦게까지 있어도 되겠어요?"

"내일이 토요일인데 늦으면 어때요.

밤을 새워도 괜찮으니 마음 놓고 이야기하세요.

그나저나 센터장은 일찍 들어가야 할 것 아냐." 하자

센터장도

"괜찮아요. 저도 집에다 기다리지 말라고 전화하지요.

언제 어머니들의 가슴앓이를 들어볼 수 있겠어요." 한다.

그러자 모두 좋다며 자기 집으로 전화로 연락을 한다.

청송원 주간 보호센터에 있으니 혹시 늦더라도 기다리지 말고 먼저 자라며 연락을 취한다.

그사이 이사장은 센터장을 시켜 다과와 음료를 더 준비하도록 했다.

이렇게 다시 자리가 정돈되자 이사장은 나이가 비슷한 샛별이 어머니가 만만한지 아니면 정이 들어서 그런지

"주간 보호센터의 운영위원장님이 먼저 아이의 어렸을 때 힘들었던 이야기를 해 보시지요."

"그럴까요." 하며 뜸을 들이다 샛별이 어머니가 이야기를 시작했다.

"이야기를 듣고 보니 모두 우리 샛별이보다는 부모 마음을 덜 아프게 했네요.

나는 8개월부터 장애아이란 것을 확실하게 알게 되어 그때부터 아이를 들쳐 업고 동서남북으로 뛰어다녔는데?" 하며 지난날이 회상되는지 한탄 석인 목소리로

"아까도 이야기했지만 내 나이가 44살이나 되어 낳았으니 얼마나 애지중지했겠어요.

더구나 시댁 부모들은 자기들 대를 이을 아들을 낳았다고 기뻐했으며 친정어머니는 오히려 나보다도 더 좋아했지요.

그런가 하면 애 아빠도 퇴근 시간이 빨라지자 나요."

"얼마나 기뻤겠어요."

"그런데 이런 아이가 제 누나들보다 순했으나 엎어지고 기어 다니고 앉는 데까지 다른 아이들보다 늦어도 한참이나 늦되었으며 일어서고 걷는 것은 근 6개월 정도도 더 늦되더라고요.

그러자 애 아빠는 아이들이 걸음마를 얼마나 빨리하느냐에 따라서 지능이 높고 낮음을 나타내는 것이라며 은근히 걱정하는 표정이었지요."

"샛별이 아버님은 선생님이라 그런 것도 알고 있었던 모양이네요." 하며 천호 어머니가 부러워한다.

"그러다 장애인이란 것을 알은 다음 우리 집은 한동안 초상집 같은 분위기였답니다.
아이 걱정에 부부간에 눈치를 보면서 서로 상처를 입히지 않을까 봐 말을 조심하며 살았지요.
그런데 남들은 속도 모르고 귀한 아들을 두었는데 돌잔치를 않느냐는데 할 말이 없었지요."
"어쩌면 우리 하늘이와 똑같을까요.
하늘이도 돌잔치를 안 했더니 애 아빠 회사의 같은 과원들이 첫아인데 왜 초대하지 않느냐고 난리였다는데 샛별이 아버님도 많이 부대끼었겠네요."

"그때 샛별이 아빠는 학교에서 주요 직책을 맡고 있었으며 아이가 태어났을 때 교장과 교감 및 원로 선생님들이 귀한 아들을 낳았다고 축하 파티까지 해 주었는데 돌잔치를 하지 않자 왜 돌잔치를 하지 않느냐고 추궁하는데 장애인이란 말은 못 하고 사정이 있어서 그렇다고 어물거렸다잖아요."

"얼마나 가슴이 아팠을까?

그러고 보니 우리 천호는 아무것도 모르고 지나갔는데 오히려 늦게 알게 된 것이 더 좋았네요."

"이런 상황에서 나는 혹시 무슨 희망이 있지 않을까? 하여 반 미친 사람처럼 아이를 데리고 동서남북으로 뛰어다녔지요.

그러다 보니 웃지 못할 일도 있었답니다."

"무슨 일인데요?"

"글쎄 내 아이의 소식을 듣고 친척 중에 한 사람이 이런 아이를 잘 고치는 약사가 있으니 한번 데리고 가 보라고 권하잖아요."

"약사가요.

그래서 가 보았어요?"

"애 아빠는 고칠 수 없다며 극구 반대하다가 물에 빠진 사람 지푸라기라도 잡는다고 내가 안쓰러웠든지 따라나섰지요."

"그래서 가 보았습니까?"

"그럼요. 가 보았지요,

유성 주변에 있는 조그만 양약국이었어요.

약사는 우리 부부보다 젊은 40대 전후로 보이는 사람이었지요."

"그래 무어라 하던가요?"

"지금도 가끔 남편이 나를 놀리지만, 글쎄 미꾸리를 통째로 끓여서 먹여 보라잖아요."

"미꾸리를?"

"그날 집으로 돌아오면서 남편은
'저런 사람이 어떻게 약사가 되었을까?

염색체 이상인 사람에게 미꾸리를 먹이면 된다니, 사람을 완전히 바보 취급해도 너무 하잖아.

혹시 염색체는 혈액으로 검사하니까 아이의 피를 모두 바꾸어 주면 모를까?' 하면서 사기꾼이라며 투덜거리잖아요."

"그래서 먹여 보았습니까?"

"남편의 반대에도 몰래 시장에 가서 미꾸리를 사다 먹여 봤지요."

"효과가 있었습니까?" 하고 천호 어머니가 묻자

"설마, 무슨 효과가 있었겠습니까?"
라며 하늘이 어머니가 어이가 없다는 듯 말을 한다.

"이런 상황에서 아이가 두 돌이 지나갈 때쯤 청주는 장애인 교육 시설이 잘되어 있다는 소식이 들려와 아이를 데리고 찾아가 보았답니다.

그곳은 성당에서 운영하는 특수아동에 대한 유아원이었어요."

"그래 청주까지 어린아이를 데리고 다녔어요?"

"아니요,

유아원 선생님이 어디에 사냐고 해서 천안이라고 했더니
이 어린아이를 어떻게 매일 이곳까지 데리고 올 수 있냐며
자기가 알기로 천안에도 이번에 특수 유아원이 하나 개설되
었다고 말해 주었지요."

"우리 시에 어떤 유아원이었나요?"

"예, 천사 유아원이라고 그때 막 생겼지요.

그걸 만든 사람이 시의원도 하고 도의원도 했으며 국회의
원도 나왔던 사람이었는데?"

"아~ 누군가 알겠네요.

아마 정치에 꿈이 있어 만든 모양이지요."

"모르겠어요, 그때 그 유아원에서 하늘이 어머니도 만나
게 되었으니까."

"그럼 하늘이도 일찍 특수 교육을 받았네요?"

하며 부러운 모습으로 봉우 어머니가 묻자

"천사 유아원이 생기면서 바로 들어갔지요."라고 하늘이
어머니가 대답한다.

"유아원에 보낸 성과는 있었나요?"

"아무래도 안 다니는 것보다는 나아지지 않겠냐는 마음
의 위안은 있었지요.

그렇게 설치고 다니다 유아원 선생님으로부터 전국적으

로 다운증후군 아이의 부모회가 있다는 것을 알게 되었지 뭡니까.

내 아이가 태어나기 전에는 한 번도 듣지도 보지도 못했던 다운증후군 아이가 생각보다 꽤 많이 있다는 것을 그때 알게 되었고 다운증후군 아이들을 보게 된 것이지요.”

“그려요.

저도 전에는 관심이 없어서 그런 것인지 자폐증을 앓는 아이를 보지 못했는데 내 아이가 자폐증이란 것을 알고부터 이런 아이가 상당이 많이 있다는 것을 알게 되었지요.” 하며 윤정이 어머니가 한마디 한다.

“그러고 보면 사람의 일은 관심도에 따라 눈에 보이기도 하고 보이지 않기도 하는 것이 세상인 모양이지요?”

“그러게 말이여.”

“그런데 어느 날 천사 유아원의 젊은 선생님 한 분이 서울에 있는 다운증후군 어머니회에서 부모들을 위한 교육이 있다고 참석해 보겠느냐고 정보를 제공해 주었지요.”

“그래서 가 보셨습니까?”

“남편에게 같이 가 보자고 했더니 이 양반 처음에는 가서 무엇을 하겠냐고 반대해서 그럼 나 혼자 가겠다고 하자 내가 불쌍해 보였나 손수 운전하여 데리고 가더라고요.”

“어떻게 가서 조금이라도 도움이 된 것이 있었나요?”

“잔뜩 기대를 하고 갔었지요.

그러나 직접 얻은 것은 하나도 없고, 다만 어느 특수학교 교사라는 젊은 분이 다운증후군 아이들은 지능이 현저하게 낮아 대부분 사람이 50 이하라고 하자 내 옆에 앉아있던 애 아빠가 손을 번쩍 들고 질문이 있다고 하잖아요.

그러자 강사는 강의를 멈추고 질문을 해 보라고 했지요.

그렇게 되자 강의에 참석했던 사람들이 모두 우리를 쳐다 보는데 자리에서 벌떡 일어서더니

'자기는 중등학교 교사로서 지금까지 15년이 넘도록 학 교 현장에서 학생을 지도하고 있는데 지능이 50 이하인 사 람은 한 번도 만나 본 적이 없는데, 지능이 50 이하인 사람은 어떤 행동을 보여주는 사람인지 궁금하네요?'라고 해서 나 는 깜짝 놀라 그 사람 팔을 잡아당겨 의자에 주저앉혔지요."

"강사는 무어라고 대답하든가요?"

"강사는 질문을 제대로 이해했는지 모르지만,
대답이
'모래를 아무리 갈고닦는다고 황금이 될 수 있습니까?'라 고 대답하자 남편은 또 말을 하려고 하는데 내가 제지하자 더 말이 없었지요.

그러면서 집으로 돌아오는 길에
'질문도 제대로 이해하지 못하는 것들이 무슨 특수교육을 받았다고 거들먹거려' 하면서 불평하잖아요."

"제가 들어봐도 그렇네요.

선생님은 어떤 행동을 보여주는 아이들이냐고 질문했는데 대답은 아무리 교육을 해도 안 된다는 식으로 대답했으니..."

"여하튼 그 이후로 내 아이의 한계점을 조금이나마 이해하게 되었답니다.

그러다 보니 나 혼자만 떠들고 있네." 하며

맞은편에 앉아있는 천호 어머니에게

"같은 다운인 천호 어머니가 이야기 좀 해 보시지?"라고 천호 어머니에게 이야기하기를 권하자 그녀는 못 이기는 체하다

"샛별이 아버지는 배운 사람으로 학교에 근무하다 보니 어머니도 그렇고 샛별이에 대하여 관심이 많았나 본데 우리는 위에 형이 있고 먹고살기에 바빠 천호에게 크게 관심을 갖지 못했지요.

다만 아이가 늦되어 그런 모양이라고 생각하며 조금 모자란 아이라고만 생각하면서 살았지요."

"어쩌면 천호네 집이 우리 집과 똑같았을까?" 하고

꽃님이 어머니가

"우리도 늘 일이 바쁜 애 아빠의 뒤치다꺼리와 바로 밑에 태어난 아들에게만 신경을 쓰다 보니, 꽃님이한테는 제대로

3. 키우는데 얼마나 고통스러웠습니까?

신경을 쓰지 못했는데."라고 말한다.

그러자 샛별이 어머니가
"신경을 썼으면 뭣합니까?
지금 우리 샛별이가 제일 처지는데."
"무슨 말씀이세요?
샛별이는 온순하고 착해 보이는데.
우리 천호를 보세요, 제 고집이 얼마나 센지 한 번 고집을
부리면 아무도 못 꺾으니?"

그러자 센터장이
"하늘이도 일찍 조기 교육을 한 것으로 알고 있는데?" 하
고 대화를 다른 데로 돌린다.
"예, 일찍 시작은 했지요." 하며 하늘이 어머니가 한숨을
들이쉰다.
"우리 하늘이는 외모는 멀쑥하잖아요.
그러다 보니 유아원 선생님으로부터 귀여움은 많이 받았
지만, 그 아이가 가지고 있는 행동이나 관심이 한정되어 있
고 반복적이며 어떤 일에 몰두하면 그 고집을 꺾을 수가 없
잖아요."
"그려,
자폐 아이들은 무엇에 몰두하면 생각을 바꾸려고 하지를
안 하더라고요." 하며 꽃님이 어머니가 거든다.

"아이에게 특수 유아원도 다니면서 누가 미술심리치료를 해 보라고 해서 미술 심리치료도 받아 보았지만 하나도 변한 게 없지요." 하며 자기 아이들의 유아 시절 조기교육을 이야기하다 자폐증 이야기로 대화가 옮겨 간다.

샛별이 어머니는
"사람은 누구나 자폐증을 가지고 있다고 하던데?"
"저도 학교에서 그렇게 배운 것 같아요.
우리가 학교 다닐 때 앞자리에 앉던 사람은 늘 앞자리에만 앉으려 하고 창가에 앉은 사람은 창가만 고집하는 것도 자폐증의 일부라고 배운 것 같은데?"
"그러고 보니 그런 것 같네요."
"알고 보니 우리 아이들은 그런 행동이 일반 사람보다 조금 더 심하다는 뜻인 모양이지요?"

"그럼 우리 샛별이도 자폐증세가 심하여 그런 행동을 한 것인가?"
"무슨 행동인데요?"
"그 아이가 어렸을 때 놀이터에 데리고 나가기가 무서웠지요."
"왜요?"
"다른 아이가 그네를 타면 위험한지도 모르고 그네를 타고 있는 데로 무조건 달려들어 그네를 뺏으려고 한다든지, 또는 물을 보면 무조건 텀벙거리고 달려드는 습성이 있었지요."

"저도 그네를 타고 싶어서 그런 것이 아니겠어요?"

"그네는 그렇다 치고 바다 물속도 무조건 걸어서 들어가려고 고집을 부려서 한동안 바다로 피서를 가지 못했다오."

"그래요.

우리 천호는 차를 타고 가다 멈추면 무조건 문을 열고 뛰쳐나가 차가 멈추기가 바쁘게 내가 먼저 내려가 아이의 손을 잡지 않으면 도망가곤 했지요.

그러다 앞이나 뒤에서 차가 나타나 위험했던 적이 한두 번이 아니었지요.

그럴 때마다 깜짝깜짝 놀랐고 나는 천호 아빠한테 혼났지 뭐예요."

"왜 아빠가 먼저 내리면 되지 혼을 내요?"

"아빠는 운전하니까 차를 멈추고 안전벨트를 풀려면 시간이 걸리잖아요.

그리고 이 녀석이 꼭 앞자리에만 타니까 아이가 반대쪽으로 내려 잡을 수가 없었지요."

"듣고 보니 그도 그렇네."

"그리고 행동이 얼마나 빠른지 내가 문을 열기도 전에 먼저 열고 뛰잖아요."

"그래서 다친 적은 없었나요?"

"왜요,

위험한 일을 두어 번 경험한 후 애 아빠가 미리 나보고 준비하라고 한 다음 차를 멈추게 되었지요.

그런데 여자라서 그런지 나는 차가 멈추면 먼저 내려야 한다는 것을 자꾸 잊어버려 아이보다 늦게 내리면 한마디씩 듣곤 했지만 잘 고쳐지지 않았지요."

4. 웃지 못할 일들

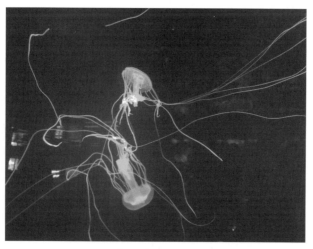

2018. 8. 8. 여수 엑스포 아쿠아의 해파리

분명 물고기는 물고기인데 지극정성을 드려 키워 봐도 도무지 형체를 알 수 없는 해파리같이 아무리 정성을 들여 키워 봐도 변화가 없는 난치성 지적장애 아이를 보살피는 어머니의 마음은 하늘이나 알까?

"저는 웃지 못할 일을 많이 경험했지요." 하며 천호 어머니가 말을 꺼낸다.

"무슨 일이 있었는데?"

"천호가 4살 때 일인데 하도 어이가 없어서" 하면서 뜸을 들인다.

"왜?"

"친정에 추석 명절을 쇠러 가서 있었던 일이지요.

나는 오랜만에 어머니와 동생들과 이야기를 하고 있는데 애 아빠가 천호가 보이지 않는다고 하잖아요.

그래서 혹시 옥상에 올라가 놀고 있나 찾아보라고 했지요.

그런 다음 얼마나 시간이 지난 후 마당으로 나와 보라고 해서 나가보니 참 어이가 없어서" 하고 말을 멈추자 모두 다 궁금한지 말을 재촉한다.

"아~

글쎄 아이가 대문 앞에 놓여있는 커다란 개집에 들어가 꾸부리고 앉아 있잖아요."

"뭐, 개집에?"

"개가 없었던 모양이지?"

"아니요.

새끼를 두 번씩이나 난 커다란 암캐가 있는데 개는 제집에서 쫓겨나 집 밖에 나와서 제집에 들어가 있는 아이를 물끄러미 쳐다보고만 있잖아요."

"어머나 개가 순했던 모양이지?"

"모르겠어요.

왜 조그만 아이한테 제집을 내주고 바라보고만 있었는지.

저는 하도 기가 막혀 눈에서 눈물이 나지 뭐예요."

"얼마나 어이가 없었을까?

그런데 참 신기하네요.

왜 개가 제집을 뺏기고도 가만히 있었을까? 아이가 악의
가 없어 보이니까 서로 교감이 이루어진 것은 아닐지?"

"소설책 타잔에서 보면 늑대가 타잔을 키운 것 같이 개들
이 어린아이들을 좋아하는 것이 아닐까요?"

"모르겠어요.

더구나 우리 아이를 한 번도 본 적이 없는 개인데.

남편이 아이를 꺼내고 있는 모습에 나도 모르게 저것이
사람인가?

아니면 개인가? 하는 생각이 들어 왈칵 눈물이 솟구쳐 손
으로 훔치자 그것을 본 친정어머니가 기가 막히는지

'어찌할 거나?

저걸 어찌할 거나?' 하면서 나를 위로하잖아요."

그러자 샛별이 어머니가

"나는 우리 샛별이가 네 살 때쯤인가 없어져 애를 태운
적이 있었지요.

아이가 없어져 집 주변의 아파트와 상가를 몇 바퀴씩 돌

면서 찾아봐도 보이지 않아 파출소에 신고하고 집으로 들어
와 애간장을 태우고 있는데 몇 시간 후에 연락이 오잖아요."

"어디에 있었데요?"

"아이가 나와 자주 가는 같은 동에 있는 목욕탕에 있다고
데려가라는 연락이 왔지요."

"목욕탕에?

어머니도 없는데 아이가 어떻게 들어갔을까?"

"목욕탕이 집 가까이 있었던 모양이지요?"

"아니에요.

우리 아파트에서 큰 도로를 두 개나 지나 근 600m 가까
이 떨어진 곳에 있는데 어떻게 갔으며 또 어떻게 들어갔는
지 알 수가 없지요."

"그래도 목욕탕에서 어떻게 알고 연락을 줬네요?"

"목욕탕 안에서 일하는 사람이 보니까 사내아이가 계속
냉탕에 놀고 있어서 처음에는 어머니와 같이 왔나 보다 했
다잖아요.

그런데 한 시간이 지나고 두 시간이 지나가도 계속 혼자
놀고 있어 이상하다 생각되어 아이어머니가 누구냐고 주변
사람들에게 물어봐도 아는 사람이 없더래요.

그래서 자세히 살펴보니 팔찌를 끼고 있어 확인해 본 다
음 장애아이라는 것을 알게 되어 전화해 준 것이지요."

"어린 것이 얼마나 배가 고팠을까?

어머니도 없는데 울지도 않고 참 신기한 것이 우리 아이

4. 웃지 못할 일들

들이여요."

그러자 옆에서 듣고 있던 하늘이 어머니가 자기 아이와
여름 피서 가서 실수한 이야기를 풀어 놓는다.
"우리 부부는 아이 때문에 황당한 경험을 한 적이 수없
이 많지요."
"무슨 일이 있었는데?"
"아이가 7살쯤 되었을 때여요.
여름 어느 날 여동생 내외가 내가 고생한다고 여름 물놀
이나 가자고 우리 집 식구를 초대했지요."
"그래 어디를 다녀오셨습니까?"
"홍천에 있는 비발디파크를 다녀왔습니다."
"비발디 파크 크고 참 좋지요."
"좋으면 뭣 합니까? 아이로 인하여 기분을 완전히 망치
었는데?"

"왜 무슨 일이 있었습니까?"
"아 글쎄, 이 녀석이 저희 아버지와 놀다 어린이 풀장에
다 실수를 하지 뭡니까?
그것도 큰 것을."
"예~, 똥을?"
"그러니 애 아빠가 얼마나 당황했겠습니까?
더구나 풀장 옆에 간이 화장실이 있는데 풀장에서 갑자기
엉거주춤 주저앉아 실수하니."

"아빠가 황당했겠네요."

"그러자 아빠는 애를 데리고 화장실로 가려고 하는데 이 녀석이 큰 소리로 울면서 거부하잖아요."

"어린이 풀장에 다른 아이들은 없었고?"

"그 풀장은 유아들만 노는 풀장인데 마침 오전이라 그런지 사람이 없었는데 이 녀석이 우는 바람에 몇 사람이 먼데서 이 광경을 보게 되었지요."

"아빠가 얼마나 무안했을까?"

"애 아빠는 황당하여 팬티 사이로 나온 배설물을 손으로 건져서 화장실에 버린 다음 아이를 샤워장으로 데리고 가 씻겼지요.

그러고는 기분이 상하였는지 한동안 말이 없다 어쩔 수 없었든지 그날은 아이와 놀아주고 돌아와서 워터파크 소리만 나오면 고개를 돌려 그다음부터는 워터파크에 가자는 소리를 더는 하지 못했지요."

"남자가 얼마나 무안했을까."

"이 장면을 본 동생 내외도 그다음부터 우리 집 식구들과 같이 물놀이를 가자고 하지 않았지요."

"그 이야기를 듣다 보니 우리 꽃님이가 실수하여 저희 아빠가 화를 내던 생각이 떠오르네요."

"꽃님이한테 무슨 일이 있었는데?"

4. 웃지 못할 일들

"꽃님이가 5살 때 일이지요.

9월 말인지 10월 초인지 기억이 가물거리는데 예산에 사는 친정 동생들이 놀러 와 속리산 법주사나 구경 가자며 가족 나들이로 속리산을 간 적이 있었지요." 하며 지난날을 회상하는 듯 잠깐 말을 멈추었다가

"법주사를 다 구경하고 내려오다 보면 오른쪽으로 냇가가 흐르고 커다란 암자가 하나 있잖아요."

"그려요.

아름드리 숲길을 따라 오른쪽에 개울이 흐르고 그 건너편에 가보지는 않았지만 여러 채로 지어진 커다란 암자가 하나 있지요.

우리 집도 속리산을 자주 다니는데." 하며 샛별이 어머니가 아는 체한다.

"아~

글쎄 나와 동생이 양쪽에서 아이의 손을 잡고 장난을 치며 공원의 아름드리 숲길을 걸어오는데 이 녀석이 갑자기 엉거주춤 주저앉아 옷에다 실수하잖아요.

그것도 작은 것이 아니라 큰 것을."

"오고 가는 사람들도 많았을 텐데 얼마나 황당했을까?"

"내가 당황하자 애 아빠가 아이를 불끈 들어 냇가로 데리고 갔지요.

그리고 아이의 옷을 벗기고 아랫도리를 냇물에 씻겨주는

데 그때 마침 어느 직장에서 왔나 15명 정도의 남녀 일행이 지나가다 이 장면을 보았나 그중에 나이가 50대 중후반쯤 되어 보이는 남자 한 사람이
'허 그놈 참 시원하겠다.' 하며 지나갔지요."

"그러자 그 소리를 들은 남편이 창피해서 그런 것인지?
아니면 화가 나서 그랬는지?
화를 벌컥 내면서 자기보다 나이가 훨씬 더 많아 보이는 사람에게
'야~ 이 새끼야 뭘 쳐다봐' 하면서 성질을 부리잖아요.
그러자 말한 사람이 무안한지 혼자
'허 허 허' 하고 웃으며 지나갔지요."
"얼마나 화가 났으면 욕을 했을까?"
"그 사람도 그렇지,
모르는 체하면서 지나갔으면 욕을 안 먹을 거 아녀요."
"아마 안쓰러워서 그랬을 것 같은데 애 아빠는 아이 실수에 열이 나서 그런 거겠지요."
"그런 일이 있고 나서는 애 아빠가 아이와 같이 사람들이 많은 곳에 가는 것을 꺼리기 시작했지요."

"우리 봉우도 그런 일이 한두 번이 아니지요.
아이 아빠와 목욕탕에 가서 덩치는 큰 녀석이 샤워하는 곳에다 선체로 대변을 보니 저희 아빠가 얼마나 당황했겠어요.

4. 웃지 못할 일들

그래서 손으로 받아 배수구에 넣고 물로 깨끗이 씻어내고 있는데 멀리서 그것을 본 관리인이 슬그머니 와 보더니, 표시가 별로 나지 않자 힐끗 쳐다보고, 가드라잖아요.

그런 일을 몇 번 겪은 후, 애 아빠는 아들과 목욕탕 가는 것을 포기하고 집에서 목욕을 시키고 있지요.”

“아이가 목욕탕 화장실을 몰라서 그랬을까요?”라고 센터장이 묻자

“우리 애들이 어렸을 때는 화장실 간다는 의사 표시나 제대로 할 줄 알았었나요. 하고 샛별이 어머니가 한마디 거든다.

갑자기 아무 데나 주저앉아 실수하는 것이 비일비재하지.”

“우리 윤정이가 시댁에서 있었던 일을 말해 볼까요.”
“무슨 일이 있었는데?”
“저희 시댁은 저~ 남쪽 끝자락이잖아요.”
“끝자락 어데?”
“전라남도 완도군 있는 섬이지요.”
“먼 데서 오셨네.”

“구정 때 시댁에 인사하려고 새벽에 나서서 온종일 차와 배를 타고 시댁에 도착하니 밤이 이슥할 때 도착했지요.

그러다 보니 집에서 출발할 때 아이에게 매일 먹이는 항

간질약을 먹인 다음 약을 가방에다 챙긴다고 한 것이 깜박 잊고 출발했지 뭐예요."

"그래서?"

"아이가 저녁 먹고 자려고 하는데 갑자기 간질을 시작하잖아요.

그러자 남편은 아이의 약을 챙기지 않았다고 펄펄 뛰며 난리를 피웠지요."

"그래 아이는 바로 멈추었나요?"

"아니요. 바로 멈추었으면 괜찮았지요.

아이의 발작이 심하여 다른 때는 보통 10분 정도 지나면 멈추었는데 이날은 아이가 피곤해서 그런지 쉽게 멈추지 않잖아요.

그래서 평소 하는 대로 아이를 눕히고 옷을 벗긴 후 편안한 자세를 취하게 한 다음 제 아버지가 손과 발을 꽉 잡고 있는데 멈추지 않았지요.

이것을 본 시아버지는 깜짝 놀라 보건소를 찾아갔으나 섬의 보건소 직원도 명절을 쇠러 가 아무도 없어 완도에 있는 병원으로 데리고 가려고 배편을 알아보니 배를 가진 사람들이 모두 오랜만에 자녀들이 찾아와 술을 한잔했다며 나가기를 거부했지요."

"그래서 어떻게 되었습니까?"

"근 한 시간이 넘도록 실랑이를 하자 아이가 조금씩 회복이 되었으나 거의 기진맥진하였죠."

4. 웃지 못할 일들

"얼마나 놀랐을까?"

"그다음 날 날이 밝자 시부모는 얼마나 놀랐나 아침을 먹기 바쁘게 가라고 하잖아요.

그러면서 가능한 아이를 데리고 멀리 나다니지 말라고 신신당부하면서 시댁에 오지 않아도 좋으니 집에서 아이나 잘 키우라고 말씀하셨지요."

"얼마나 놀랐으면 그러셨을까?"

"그때 집에 돌아와서 우리 부부는 한바탕 되게 싸우고 시댁에 가는 것이 점점 줄어들었지요.

그리고 그때 너무 놀라 그다음부터는 제 가방에 늘 아이의 상비약을 따로 하나 더 넣고 다니는 습관이 생겼지요."

"그 후에는 그런 일이 또 없었습니까?" 하자
같은 증세를 가지고 있는 꽃님이 어머니가 한마디 한다.
"왜 없겠어요.
정신없이 살다 보면 깜박깜박할 때가 있잖아요."

"학교에서 저학년 때 학년 초가 되면 그런 일이 더러 있곤 했지요.

아이에게 약을 잘 챙겨 먹으라고 해도 우리 아이들이 그것을 기억하는 아이들이 못되잖아요.

그러다 보니 일반 학교에 다닐 때는 아이 가방에다가 약을 챙겨 주고 선생님에게 부탁드렸지만, 선생님이 깜박 잊으면 난리를 피우곤 했지요.

그러다 사랑학교에 가서는 보조 교사가 있고 보건실에도 약이 준비되어 있어서 그리 큰 문제가 되지 않았답니다.”

“우리 애들이 그런 일이 한두 번이었겠습니까?

그러다 보니 자연스럽게 남들과 어울리는 것이 줄어들게 되고 밖에 나가는 것도 점점 줄어들어 외톨이 가정으로 변해 갔지요.” 하며 돌아가면서 한마디씩 던진다.

그러자 하늘이 어머니가

“우리 하늘이는 가게 옆을 지나가지 못한답니다.”

“왜요?

가게를 좋아하는 모양이지요?”

“좋아만 하면 얼마나 좋겠어요.

가게 옆에만 지나가려면 무조건 들어가자고 울면서 고집을 부리니까 문제지요.”

“가게에 들어가서는 제 양이 찰 만큼 먹을 것을 사야 나오는 애지요.

그뿐이 아니라 집에 냉장고에도 음식을 넣어 둘 수가 없답니다.”

“먹는 것을 좋아하나 왜 그럴까?”

“음식 탐이 많은 것인지 아니면 욕심이 많은 것인지 냉장고에 있는 음식을 모두 꺼내다 먹잖아요.”

“반찬도 꺼내다 먹습니까?”

“물건을 가리지 않아요.”

4. 웃지 못할 일들

"그럼 냉장고를 거실에 둘 수가 없겠네?"

"그러다 보니 냉장고가 있는 주방을 거실과 분리하여 칸막이해 놓고 자물쇠로 채워 놓고 살고 있지요."

"그래요. 그것 참 얼마나 귀찮을까?"

"그러다 보니 아이를 데리고 외출할 때는 가게가 있는 곳은 피하여 가게가 없는 곳으로 뱅뱅 돌아서 가든지 아니면 집에서 나오는 즉시 아이가 가게를 보기 전에 차를 태우고 이동하지요."

"듣고 보니 그것도 쉬운 일이 아니네."

"자폐 아이들은 한 가지에만 몰두하여 제 생각이 미치면 바꿀 줄을 모르는 모양이니."

"그러게요. 우리 봉우는 책만 보면 가지려고 해서 문제지요."

"봉우는 언뜻 보면 외모도 그렇고 꼭 책을 끼고 다니는 폼이 선생님이나 대학생 같아 보이잖아요?"

"외모는 키도 크고 얼마나 잘 생겼습니까? 그런데 속이 텅 비었으니..."

"아이들 때문에 웃지 못할 일들이 어디 끝이 있었겠습니까?" 그러자

이사장이

"그 마음을 누가 알겠소.

장애인을 키우는 우리들이나 알까?" 하면서
　"나는 아이를 학교에 보내지 못한 것이 한이 맺혔는데 어
머니들은 어떻게 학교를 보냈는지 궁금하네요." 하며 학교생
활에 대하여 있었던 이야기를 해 보도록 유도한다.

5. 학교에 대한 갈등

2019. 6. 23. 속리산 문수봉 능선 바위틈의 소나무

바위 속에 갇혀 있어도 살아보겠다고 발버둥 치는 소나무의 몸부림처럼 지적 장애라는 난치병에 갇혀 버린 아이를 사람답게 살 수 있도록 만들어 보겠다고 몸부림치는 어머니의 고통을 하늘이나 알까?

그러자 센터장이

"그럼 먼저 아이들의 나이가 많은 꽃님이와 봉우 어머니부터 이야기해 볼까요." 하자 꽃님이 어머니가 먼저 말을 꺼낸다.

"우리 꽃님이는 학교에 갈 나이가 되어 취학통지서가 나왔으나 그가 하는 행동이 도저히 학교를 보낼 수가 없었지요.

말도 그랬고 다른 아이들과 어울리지 못하는 것이 학교에 가서 생활할 수 없을 것 같아 고민하고 있는데 이웃 사람들이 이런 아이들은 학교를 조금 늦게 보내면 학교 적응을 한다고 하여 제 동생이 학교 갈 나이가 되자 같이 입학시켰지요.

그런데도 학교 적응을 잘 못하고 매일 아이들한테 놀림을 당하며 2학년까지 다녔는데 그때 마침 사랑학교가 생기자 이런 아이는 특수학교인 사랑학교로 가면 거기에는 전문적으로 이런 아이만 지도하는 선생님들이 계시기 때문에 아이가 학교에 적응하는 데도 좋고 부모님도 마음이 편할 것이라 하여 3학년에 올라가면서 전학을 하게 되었지요."

"특수학교에 가니까 아이가 잘 적응하던가요." 하고 센터장이 묻자

"잘 모르겠지만 그곳은 학급의 학생이 처음에는 4명뿐이 없어 일반 학교에서와 같이 아이들의 놀림은 없었지요.

그러다 보니 일단 부모로서는 마음이 편했답니다.

그리고 일반 학교에서 덩치는 큰 계집아이가 제 마음에 들지 않으면 고집을 부리면서 맨땅에 뒹굴고 소리를 지르는 행동이 꼭 한두 살 먹은 어린애 같은 행동을 하니까 저보다 어린아이들한테도 놀림을 받곤 했는데 이곳에서는 그런 일이 없었지요.

그리고 학생 숫자가 적다 보니 선생님 눈길이 많았을 것 같았고 아무래도 선생님이 이런 아이에 대하여 잘 아는 분들이잖아요."

"그랬을 거예요,

우리 봉우도 처음에는 일반 학교에 들어갔다 몇 달이 안 되어 적응하지 못하고 그만두었지요.

그리고 2년쯤 뒤에 어쩔 수 없어 다시 보냈는데 그래도 잘 적응하지 못하여 걱정 속에 살고 있었지요.

그러다 사랑학교가 생기자 전학시켰잖아요.

그때 사랑학교에서 꽃님이 어머니를 만나게 되었답니다." 하자

센터장이

"그럼 봉우와 꽃님은 사랑학교 동기생인가요?" 한다.

그러자 샛별이 어머니가 나서서

"여기에 있는 어머니들은 모두 사랑학교에서 만난 사람들이지요.

봉우와 꽃님이가 몇 년 선배이고 나머지 네 사람은 동기

생들이지요." 하자 센터장이

"그러면 어머님들은 서로 알게 된 지가 꽤 오래되었네요?"

"근 10여 년씩 같은 학교에 다니다 보니 학부모회의 때 더러 만나 얼굴은 알고 지내는 사이입니다."

그러자 꽃님이 어머니가

"지금도 봉우 어머니랑은 모임도 같이 하고 있는데.

두 달에 한 번씩 만나 식사를 하면서 이야기를 나누다 보니 지금은 꽤나 정도 들었답니다."

여기 있는 봉우 어머니가 회장을 맡고 있잖아요." 하자 봉우 어머니가

"제가 나이가 제일 어리다고 심부름을 하라고 해서 맡고 있네요." 한다.

그러자 하늘이 어머니가

"여기 계신 샛별이 어머니는 사랑학교 학부모회장도 하고 뒤에 학교운영위원회 위원장도 오래 했지요." 하자

센터장은

"그러니까 다들 서로 잘 알고 있는 사이인데 저만 이곳에 늦게 와 잘 모르고 있었네요."

"꼭 그런 것만은 아니지,

여기 아이들이 이곳에 온 것은 아마 봉우가 제일 먼저 왔고 그다음은 샛별이가 들어오고 하늘이가 제일 늦게 들어왔

지." 하고 이사장이 아는 체한다.

그러자 샛별이 어머니가

"이사장님은 그것을 일일이 다 기억하고 계시네요." 하며 비위를 맞춘다.

그러자 하늘이 어머니가

"다른 사람은 몰라도 샛별이 아버지는 샛별이를 특수학교에 보내는 것을 반대했을 것 같은데요?"라고 말하자

샛별이 어머니는

"고민을 많이 했지.

아빠가 싫어하기보다는 내가 반대했으니까.

어렵게 얻은 늦둥이 아들을 장애아동이 다니는 특수학교에 보낸다는 것이 처음에는 용납되지 않았지요.

더구나 내 아이가 태어나서 학교에 들어갈 때쯤은 우리나라 특수 아동에 대한 교육제도가 특수학교로 분리하여 교육하는 것보다 일반 학교에서 통합 교육을 하는 방향으로 변화하고 있었으며 일반 학교에서도 특별한 경우만 특별학급에서 교육하고 대부분은 일반 학급에서 통합 교육을 받도록 제도가 변해가고 있다는 것을 알고 있었지요.

이렇게 교육제도가 변하고 있다는 것을 알게 된 것은 샛별이가 다니는 천사 유아원에 대구대학교에서 특수교육학과를 나온 젊은 여자 선생님이 한 분 계셨는데 우리 샛별이를

예뻐하여 특별히 친하게 지내게 되었답니다.

그때 그 선생님으로부터 새로운 특수교육제도의 변화에 관해서 이야기를 자주 듣게 되어 잘 알고 있었지요.

그리고 애 아빠도 방학만 되면 대구대학에 가서 교원들에게 시키는 특수교육에 대한 연수를 받으러 3년간이나 다녔지요."

"역시 교육자 집이라 일찍부터 아이에 대해서 신경을 많이 쓰셨네요.

그런데 어찌 샛별이가 일반 학교로 가지 않고 특수학교인 사랑학교로 가게 되었나요?

제 생각 같아서는 일반 학교로 가는 것이 더 좋았을 것 같은데?" 하며 윤정이 어머니가 알 수 없다는 듯이 묻는다.

"나는 일반 학교로 보내려는데 애 아빠가 반대했지요."

"일반 학교로 가는 것이 더 좋으리라는 것을 알고 있었을 것인데 왜 사랑학교로 보냈을까? 이상하네요?"

"애 아빠도 갈등이 많았었나 봐요.

그때 애 아빠가 있는 학교는 중학교로, 그 학교에 특수 학급이 한 학급 있었는데 그때만 해도 선생님들이 특수 학생에 대한 이해가 부족하여 지도하는 방법을 잘 모르고 있었으며 이 학생들은 특수 교사만 지도하는 것으로만 알고 있었데요.

그러다 보니 이런 학생이 일반 학교에서 일반학급에 오면

열외 학생이 되었으며 일반 학생들로부터 따돌림을 당해 괴로움을 받는 것을 더러 보았고, 그럴 때마다 어머니가 학교에 찾아와서 담임선생님에게 머리를 조아리며 사정하는 것이 너무나 안쓰러워 보였던 모양이에요.

그러다 보니 내가 샛별이 때문에 학교에 가서 선생님들에게 굽실거리며 사정하는 꼴은 자기가 선생을 하면서는 절대 못 보겠다며 일반 학교에 보내는 것을 허락하지 않고 있었지요." 하자

꽃님이 어머니가

"그런데 대부분 우리 아이들 같은 아이는 학교를 늦게 보내는데 샛별이는 학교도 일찍 들어갔던데 무슨 이유라도 있었나요?"

"사실은 보내려고 해서 보낸 것이 아니지요.

내 아이가 천사유아원에서 나와 유치원에 가려고 하니 받아 주는 곳이 한 곳도 없잖아요.

유치원은 그만두고 미술학원, 피아노학원, 심지어 태권도 도장까지도 쫓아다니며 사정했지만 받아 주는 곳은 한 곳도 없었지요.

다만 어느 태권도 도장 한 군데에서 하루 데리고 있어 보더니 다른 아이들이 내 아이 때문에 다니지 않겠다고 한다고 오지 말라고 하잖아요."

"태권도 도장까지나?"

"아무리 찾아봐도 우리 시에서는 내 아이를 보낼 곳이 없었지요."

"얼마나 속이 상했을까?"

"그런데 참 좋은 분도 있더라고요.

어느 날 아이의 손을 잡고 우리 아파트 앞에 있는 공원을 걷고 있는데 알지 못하는 젊은 신사 한 분이 지나가다 내 아이를 보고 웃으며

'안녕'하고 인사를 하고 지나가잖아요.

처음에는 무심코 지나치고 생각하니 어떤 사람이기에 내 아이에게 아는 체할까? 하는 생각이 들어 되돌아 쫓아가 말을 걸었죠,

'내 아이를 아세요.'라고 물어봤더니,

그 신사는 웃으며

'아니요, 처음 보는 아이입니다.' 하잖아요.

그러면서

'저는 옆에 있는 희망 대학교 특수교육학과 교수입니다.' 하며 명함을 한 장 주었지요.

명함을 받아들고 어데 사세요? 하고 묻자 대답하는데 바로 내가 사는 아파트의 같은 동 옆 라인에 사시는 분이란 걸 알게 되었죠.

그래서 어느 날 한번 찾아뵈어도 되냐고 물었더니 흔쾌하게

'언제든지 궁금한 것이 있으면 오세요.'라고 웃으면서 친절하게 대답해 주었지요."

"그래서 찾아가 보았습니까?"
"사전에 전화하고 한 번 찾아가 보았지요."
"가서 무슨 말을 하고 오셨나요?"

"남편이 대구대학교에 가서 특수교육 연수를 받고 와서 하는 말이 장애아동 특수교육 유치원은 누구나 설립만 하면 국가에서 인적 자원과 물적 자원을 다 지원해 준다고 하는데 그게 사실이냐고 물어보았지요.
그랬더니 그분의 대답이
'그래요?
이번에 특수교육법이 바뀌었다는 이야기는 들었는데 그런 내용이 있는지는 미처 몰랐네요.' 하면서
'그럼 장애아동 특수교육 유치원을 한 번 만들어 봐야겠네요.'라고 말하잖아요.
나는 반가워하며 우리 애들을 위해서 꼭 만들어 달라고 신신당부하고 돌아왔지요."

"그래 만들었나요?"
"그런 이야기를 한 다음, 그다음 해에 희망 대학교 안에 새싹학교라는 특수교육 유치원이 만들어졌는데 내 아이는 학령아동이 되어 학교에 입학하여 들어가지 못했지요."

"아~ 새싹학교가 샛별이 어머니 때문에 만들어진 것이네요?" 하며 하늘이 어머니가 신기하다는 듯 말을 한다.

"사실 애 아빠가 대구대학교에서 교육을 받고 와서 하는 말이 자기가 학교를 그만두고 장애아동 특수교육 유치원을 하나 설립하겠다고 하는데 나는 믿기지 않았지요.
그래서 교수에게 이야기했는데 그분은 정말로 자기가 근무하는 대학의 토지를 일부 활용하여 유치원을 설립했고 지금은 초등부 학생까지 수용하는 학교로 발전시켰지 뭡니까?"

"여하튼 샛별이 어머니도 대단하세요."

"대단하면 뭐 합니까?
아이를 보낼 곳이 없어 이웃인 청주까지 유치원을 보낼 수는 없고 고작 생각한 것이 시장에게 우리 시에도 장애아동 특수교육 유치원을 만들어 달라고 사정해 보자고 생각했지요."

"아니 시장에게까지?"

"잘 알지도 못하면서 나는 유치원은 시에서 관리하는 줄 알고 시장을 찾아가 장애아동 특수교육 유치원을 만들어 달라고 부탁을 했지요."

"그래 시장이 무어라고 하던가요?"

"시장이 웃으면서 어머니 이야기를 들어보니 꼭 필요한 것 같은데 유치원은 시청에서 관장하는 것이 아니고 교육청

소관이라며 교육청을 찾아가 보라고 했지요.

그러면서 내가 안쓰러워 보였나 자기도 기회가 다면 교육장에게 한번 이야기해 보겠다고 해서 더 말을 못 하고 돌아왔답니다."

"샛별이 아빠가 그것을 모르고 있었나요?"

"아니요,

내가 시장을 찾아간다고 하자 애 아빠는 웃으며 학교 문제는 교육감과 교육장이 처리하는 것이지 도지사나 시장과는 아무 관계가 없다며 가 봐야 소용이 없다는 데도 믿지 않고 특수 아동에 대한 유치원을 만들어 달라고 하소연한 것이지요."

"얼마나 애가 탔으면 그랬을까?"

"그래서 교육청을 가 봤나요?"

"그럼요.

시청을 다녀온 다음 도 교육청을 찾아가 알아보니 우리 시에도 특수학교가 생겼으며 그곳에다 바로 유치원을 개설할 것이라는 정보를 얻게 되었지요."

"그럼 그 학교가 사랑학교인 모양이지요?"

"나는 그때까지 사랑학교가 생긴다는 이야기만 들었지 생긴 것은 몰랐답니다. 그런데 알고 보니 2년 전에 시골에다 초등부와 중등부가 생겼는데 홍보가 덜되어서 그런지 잘 알려지지도 않았고 학생도 얼마 되지 않았던 모양이에요."

하자

하늘이 어머니가

"학교가 시골에 나타난 것은 시내 사람들이 특수학교를 혐오 시설이라고 자기네 마을 옆으로 오는 것을 반대하여 마을이 없는 시골 외딴곳에 설립하게 되었어다네요.

그러다 보니 잘 알려지지 않았지요." 하면서 아는 체를 한다.

그러자 봉우 어머니가

"그랬어요,

우리 봉우와 꽃님이가 들어갈 때만 해도 학생이 몇 명 안되었지요.

특히 중등부나 고등부는 전체가 10여 명 정도도 안 되었으니까요."라고 맞장구를 친다.

이야기를 듣고 있던 센터장이

"유치원도 생겨 있었나요?"

"아니요, 처음에는 초등부와 중·고등부에 몇 명이 다녔대요."

"교육청에서 이야기를 듣고 애 아빠한테 이야기하자 사랑학교 교장 선생님도 얼굴은 알고 있으며 그 학교 교감 선생님은 몇 년 전에 자기와 같은 학교에서 근무했던 분이라 잘 알고 있다고 이야기하는데 알고 보니 교감 사모님은 나도 모임에서 몇 번 만나 잘 알고 있는 분이었지요.

그래서 사랑학교에 유치원을 만들 계획이 있나 한번 찾아가 보자고 졸랐죠.

만약 사랑학교에 유치원을 만들 계획이 없으면 나 혼자 아이와 같이 청주로 이사를 가겠다고 협박을 하니까? 못 이기는 체 나를 데리고 사랑학교 교장 선생님을 만나러 가더라고요.

우리가 교무실에 들러 교감 선생님에게 인사를 하자 교감은 우리 부부를 교장실로 안내했지요.

교장실에서 교장 및 교감 선생님과 같이 이야기를 하면서 유치원을 세울 계획이 있냐고 묻자 교장은 그에 대해 대답은 하지 않고 샛별이 생년월일을 묻잖아요.

그래서 생년월일을 말하니까 대뜸 하는 말이

'그 아이는 유치원에 들어갈 것이 아니라 초등부에 입학시켜야 할 나이네요. 내년 3월에 우리 학교에 입학시키세요.'라고 말하잖아요.

우리 부부는 깜짝 놀랐죠.

아이가 말은 그만두고 제 이름도 제대로 알지 못하는 것 같아 학교에 간다는 생각은 전연 못하고 유치원만 찾고 있었으니까.

그 말을 들은 교감 선생이 아이 아빠를 보고

'김 과장이 중등에 있어 초등학교 취학 연령을 잘 모르고 있었던 모양이지?

그 아이는 유치원에 갈 것이 아니라 초등학교에 입학해야 하는데'라고 하는데 말문이 막히고 말았답니다.

그래서 사랑학교에 입학하게 된 것이랍니다.

"어쩌면 우리 천호와 똑같을까요.

천호도 취학통지서가 나오자 첫 번째 취학통지서 때는 아무것도 모르는 어린애를 어떻게 학교에 보내야 하나 갈등 속에 기회를 놓치고 두 번째 통지서 때는 이웃 사람들의 권유로 아무것도 모르고 아이를 사랑학교에 보냈지요."

"천호 생일이 언제인데?"

"2월요."

"올 나이배기네. 우리 샛별이는 12월 중순경이라 그 학년에서 제일 어린애였잖아."

"그러고 보니 하늘이와 윤정이는 샛별이가 입학할 때 사랑학교에 없었던 것으로 알고 있는데?"

"그래요, 우리 하늘이는 처음에 일반 학교에 입학시켰는데 이 아이가 말썽을 자주 일으켰지요.

툭하면 제 옆에 앉은 짝꿍을 아무런 이유도 없이 연필로 찍어 수시로 제가 학교에 불러 다니게 되었지요." 하면서 하늘이 어머니의 눈가에 눈물이 고인다.

"한두 번도 아니고 이런 일이 수시로 나타나면서도 근근

이 일 년을 버티다 2학년이 되면서 친척들의 권유로 사랑학교로 전학시키게 되었지요."

"우리 윤정이도 하늘이와 같이 일반 학교에 적응하지 못하고 2학년 때 사랑학교로 전학했는데."

"아~ 그래서 우리 샛별이가 1학년 입학할 때는 한 학급이면서도 학생이 몇 명밖에 안 되었는데 2학년 때 두 반이 되고 4학년 때는 학급 정원이 다 찼다고 했던 말이 기억나네요."

"하늘이와 윤정이는 사랑학교로 전학한 후 일반 학교 다닐 때보다 학교생활에 적응을 잘하던가요?"

"아무래도 일반 학교에 다닐 때보다는 마음이 놓였지요.

사랑학교는 학급당 학생 수가 적고 또 보조 교사 제도가 있어 상태가 심한 학생에게는 보조 교사가 특별히 보살펴 주어서 그런지 일반 학교에 다닐 때보다 제가 학교에 불려 가는 일이 거의 없었지요."

그러자 이사장이
"그럼 학교와의 갈등은 없었나요?"라고 묻자
샛별이 어머니가
"왜요, 인간사회에 갈등이 없었겠습니까?"
"무슨 일로?"

"아마 기숙사 문제로 근 2년간 심한 갈등을 겪은 것으로 기억되는데?"

"여기 계신 어머니들 모두 겪은 것인가요?"

"그건 아니고요,

우리 하늘이는 처음부터 기숙사를 생각해 본 적이 없으니까 그 문제는 잘 모르겠네요."

"그렇겠네, 첫아이에다 아들 하나만 두고 있으니까?"

"기숙사 문제는 우리 꽃님이와 샛별이네가 갈등이 많았지요."

"그럼 꽃님이 어머니부터 이야기를 들어 볼까요."

그러자 꽃님이 어머니는

"그때 갈등이 많았지요." 하며 지난날을 회상하는 듯 뜸을 들이다가

"그때 애 아빠의 사업이 무척 바쁠 때였지요.

거기다 꽃님이 바로 밑에 동생이 있고 애 아빠 일손이 바쁘다 보니 내가 거들어 주어야 하는데 장애 아이까지 있으니 손이 많이 부족했지 뭡니까?

이런 와중에 학교에다 기숙사를 만든다고 하니까 얼마나 좋았겠어요.

그래서 기숙사를 신청하려고 학교에 찾아갔지요.

그런데 기숙사에 입사할 수 있는 학생은 우리 시에서 읍·면 단위에 거주하든지 아니면 부모가 생활보장대상자인 학생과 타 시·군에 거주하는 학생만 받아준다고 하잖아요.

그래서 우리 아이도 좀 받아달라고 학교를 몇 번이나 찾

아갔지요."

그러자 샛별이 어머니가
"그려요.

그때 시내에 사는 어머니 중 기숙사를 희망하는 부모님
들이 상당수가 있었는데 받아주지 않는다고 하여 단체로 학
교에 찾아가 시골 학생만 학생이냐고 항의한 기억이 새롭네
요."

"그때 교통경찰을 하던 학부모 한 분은 화가 얼마나 났나
중앙 현관에서 구두를 신은 채로 올라가 발을 구르며 소리소
리 지르던 모습이 떠오르네요."

"아마 경찰 사이드카를 타고 다니던 효식이 아버지였지
요."

"효식이는 기숙사에 못 들어가자 얼마 안 있다 학교를 그
만두고 전라도에 있는 어느 시설로 갔다고 했는데 그 어머니
마음이 얼마나 아팠을까?"

"학교에서는 기숙사에 들어오려면 타 시·군으로 이사하
든지 아니면 생활보장대상자만 받아 준다고 버티다 학부모
들의 성화에 못 이겨 한시적으로 1년만 받아 준 적이 있지
요."

"그려요,

그래서 1년 기숙사 생활을 시킨 다음 꽃님이 주소를 시부
모가 있는 옆 군으로 옮겨서 생활하게 했지요."

"우리 샛별이는 저희 아버지가 아이의 자립심을 길러 주자고 기숙사를 신청했는데 꽃님이 어머니 이야기대로 받아 주지 않는다는 것을 우겨 1년간 보낸 후 다시 거절당하자 그만두었지요.

그때 나는 주소를 옮겨서라도 보내자고 했는데 샛별이 아빠가 하는 말이

'자기가 특수교육 연수를 받을 때 많은 강사로부터 장애 아동을 둔 학부모는 아동만 장애 아동이 아니라 그런 아동을 둔 부모도 모두 장애인으로 변해 있다는 것을 알고 학생을 지도하라는 이야기를 수없이 들었다며 당신과 나까지 장애인으로 변할 수는 없지 않느냐며 학교에서도 그만한 이유가 있으니까? 거절하는데, 그렇게 할 필요가 있냐며 반대해서 그만두었지요." 하자

"듣고 보니 샛별이 아버지도 같은 선생님으로 얼마나 갈등이 많았을까? 하는 생각이 드네요." 하며 이사장이 이해할 수 있다는 식으로 말을 거든다.

"저는 기숙사보다 통학버스 문제로 갈등이 많았지요." 하며 샛별이 어머니가 대화를 옮긴다.

"통학버스가 왜요?"

"내 아이가 초등부 3학년 때 있었던 일이지요.

학교 버스가 내가 사는 마을을 지나 이웃 시와 군으로 운행하고 있었는데 내 아이가 타고 내리는 곳이 집에서 근 1㎞

가 넘게 떨어져 있었지요.

그래서 아침마다 일어나지 않으려고 하는 아이를 억지로 깨워 밥 한술 강제로 먹여 등에 둘러업고 뜀박질하여 학교를 보내고 있었잖아요.

그것을 알게 된 애 아빠가 학교버스의 노선과 타고 내리는 학생을 자세히 조사해 보더니,

노선을 조금 변경해도 학교와 다른 학생에게 지장을 하나도 주지 않을 것 같다며 학교에다 버스 노선을 조금 조정해 달라고 건의해 보자고 해서 학교를 같이 찾아갔지요."

"그래서 버스 노선을 조정했나요?"

"아니요,

오히려 학교로부터 미움만 받는 꼴이 되었지요."

"노선을 조정할 수 없었던 모양이지요."

"그렇지도 않았어요.

아이 아빠가 학교에 있는데 학교에 어렵게 하려고 하겠어요."

"그럼 왜 아니해 줬을까?"

"학교에서 핑계는 도로가 좁아서 버스가 다닐 수 없다고 하는데 우리가 건의한 도로는 학교 버스와 크기가 같은 시내버스가 다니는 노선인데도 거절한 것이지요."

"이유가 무엇이었을까?"

"교장 선생님은 담당 선생님 보고 현장을 돌아보라고 지시했는데 선생님은 나와 보지도 않고 버스 기사에게 말을 하니까, 버스 기사는 확인도 해 보지 않고 도로가 좁아서 다닐 수 없다고 하니까 선생님은 기사 말만 듣고 그대로 교장 선생님에게 보고한 것이지."

"참 어이가 없네. 선생님이 어찌 그럴 수가 있을까?"

"담당 선생님은 애 아빠와 나이가 비슷하며 친분은 없어도 같은 중등 교사라 인사 정도는 하고 지내는 사람인데 거절당한 것이지요.

그러자 애 아빠가 창피한 생각이 들었나 학교에 사정이 있는 모양이라며 더는 말하지 말라고 해서 그만두었는데 그로 인해 학교로부터 미움만 바치는 꼴이 되었지요."

"왜 무슨 일이 있었나요?"

"사랑학교 초창기에는 학교에서 학생들 문제를 가지고 학교와 학부모 간의 마찰이 자주 있었지요."

"그래요.

초창기는 학교가 새로 생겨서 그랬는지 학생들 지도 문제 가지고 학교와 학부모 사이에 갈등이 많아 학부모들이 학교에 항의하는 소동이 종종 나타나고 있었지요."라고 말하자

하늘이 어머니가

"그래요. 그때 학생들 간의 다툼 문제로 인한 학교에 불만이나 교사가 학생 체벌로 인한 학부모와 학교 간의 사소한 사건들이 수시로 일어나 학교가 한동안 어수선했었지요."

라고 거든다.

"이런 이야기를 들은 샛별이 아빠가 자기는 장애인 학부모이면서 교원이기 때문에 학교와 학부모 사이의 갈등 문제에 있어서 양쪽을 다 이해할 수 있을 것 같아 학교운영위원회에 들어가 중재 역할을 하면 학교나 학부모에게 조금이라도 도움이 될 것 같다며 운영위원회에 들어가겠다잖아요."

"그럴 수도 있겠네요." 하고 센터장이 거든다.

"그러면서 그다음 해 3월에 학교운영위원회를 구성하는데 자기가 학부모 위원으로 입후보하게 나보고 등록을 하라고 시켰지요.

그래서 다음 해 3월에 학교 운영위원회를 구성할 때 내가 대신 등록해 주었지요."

"그래서 운영위원을 하셨나요?"

"아니요,

내가 대신 운영위원회에 입후보 등록을 한 그다음 날 애 아빠가 학교에 갔더니 사랑학교 교감으로부터 전화가 걸려와 통화한 내용을 그대로 옮겨보면

'장기고등학교 교감 선생님이시죠.'

'네 장기고등학교 교감 박정도입니다.'

'교감 선생님 저는 사랑학교 교감 문인숙이예요.'

'아~ 예, 안녕하세요,

교감 선생님 영전을 축하드립니다.' 했더니 인사도 받지 않고

'다름 아니고 교감 선생님이 이번 우리 학교 운영위원회의 학부모위원에 입후보하셨다면서요?'

'네 집사람이 등록한 모양입니다.

그런데 무엇이 잘못되었나요?'

'아니,

우리 교장 선생님이 말하기를 제가 여자라고 교감 선생님이 저를 깔보고 운영위원회에 들어오려고 한다면서 못 나오게 하라잖아요.' 하면서 기분 나쁜 목소리로 말하더래요.

그래서 어이가 없어

'그래요,

그럼 행정실에 가서 지원서를 빼내어 찢어 버리세요.' 했다면서 퇴근하고 돌아와

'별놈의 학교가 다 있어.' 하면서 투덜대지 뭐예요."

"얼마나 기분이 나빴을까?

평소 교장과 사이가 안 좋은 사이였나 왜 그랬을까?"

"애 아빠의 말로는 사랑학교 교장은 초등 교장으로 잘은 모르지만, 인사 정도는 하고 지내는 사이인데 뒤에 알고 보니 애 아빠가 중등에서 제법 소문이 나 있는 사람이라 학교 운영위원회에 들어오면 통학버스 노선 문제를 다시 들고 나설 거라며 사전에 못 들어오게 같은 중등학교에 있는 교감 선생님 보고 막으라고 했대요."

"교감 선생님과는 서로 잘 알고 지내던 사이가 아니었던 모양이지요?"

"잘 안다기보다는 교사 때 같이 근무한 선배 선생님의 부인으로 과목이 같고 나이가 같아 서로 인사 정도는 하고 지내는 사이인데 그때 처음으로 교감에 승진하여 온 여자분이었지요.

그런 일이 있고 나서 애 아빠가 학교에 가서 선생님들 앞에 얼씬도 하지 말라고 신신당부를 하잖아요.

그래서 아이 통학 문제는 학교 버스에 태우지 않고 싸구려 중고차를 한 대 사서 내가 직접 등하교 시켰죠."

"아니 샛별이 어머님이 학부모회장도 몇 년씩이나 하고 학교 운영위 위원장도 여러 해 하셨잖아요?"

"아~ 그건,

그 교장 선생님이 정년퇴직하고 난 다음 새로 오신 그다음 젊은 교장 선생님 때부터였지요."

"새로운 교장 선생님은 잘 알고 계셨던 모양이지요?"

"그게 아니고 새로운 교장 선생님은 샛별이 아빠보다 나이가 한두 살 아래인 사람인데 샛별이 아빠가 중등학교에서 교장으로 있다는 것을 알고 접근해 왔지요.

그러자 샛별이 아버지도 사랑학교 일에 적극적으로 지원해 주라고 해서 맡게 된 것이랍니다."

"학교가 새로운 교장 선생님이 오시고 나서 확실하게 변했지요."

"그래요.

새로운 젊은 교장이 오시더니 학교 시설 문제도 그렇고 학생들이 각종 경연대회에 나가 입상도 많이 해 왔을뿐더러 전문과정도 신설하는 등 학교가 새롭게 변화했지요."

"그때 학교에서 가장 빛난 학생이 아마 천호이었지?" 하자

선배였던 어머니들은 눈을 반짝이며

"천호가 무엇을 잘했는데?" 하며 묻는다.

그러자 샛별이 어머니가

"천호가 노래와 춤에 일가견이 있지요.

그래서 전국 장애인 학교 예능 경연대회에 나가 춤 분야에서 대상을 받아 왔으며 운동도 잘하여 전국 장애인 체육대회에 나가서 메달을 받아오곤 했지요.

그래서 늘 학교에 가면 천호의 이름이 쓰여 있는 플래카드가 걸려 있었답니다." 하며 천호를 칭찬하자 천호 어머니는 무안한 표정으로

"플래카드가 걸려있었으면 무엇 해요.

지금 아무것도 못 하고 주간 보호센터나 다니고 있는데?"

그러자 센터장이

"직업에 관한 이야기는 뒤에 이야기하기로 하고 학교 다

니면서 있었던 이야기가 더는 없나요." 하자

윤정이 어머니가
"참, 샛별이 어머님.
그때 아이들이 졸업하고 생활할 수 있는 그룹-홈을 만든다는 이야기가 한참 떠돌았는데 만들지 않았던 모양이지요?"
"아~,
그룹-홈 문제 많이 고민했었지요."
"그때 교장 선생님과 학부모 몇 분이 전국 곳곳에 있는 그룹-홈을 찾아다녔다는 소문이 있었는데?"
"강원도와 경상도에 있는 그룹-홈을 방문해 본 적이 있었지요.
그래서 뜻있는 학부모 몇이 만들어 보자고 토지를 물색 중에 학교에 큰 사건이 났잖아요."

"무슨 사건~?"
"그때 전국적으로 요란했던 학생 성폭력 사건이 일어났잖아요." 하자 이사장과 센터장은 깜짝 놀라며
"학교에 그런 일이 있었나요?"
"아니 그 문제가 매스컴에서 상당히 요란했었는데 못 들었어요."
"글쎄, 금시초문이네."
"어떻게 되었는데요?"

"말은 기숙사에서 남자 선생님이 여학생을 성폭행했다고 하는데 잘은 모르겠어요."

"아니 그 사건은 전라도 어느 곳에서 있었던 일이라고 방송에서 들었던 것 같은데?"

"그 후에 우리 학교에서도 그와 유사한 사건이 있었대요." 하자 꽃님이 어머니가 나서

"그 사건은 우리 꽃님이가 졸업 후에 나타났는데 혹시 우리 꽃님이도 피해를 입지 않았나 걱정을 많이 했었지요." 하며 갑자기 대화가 바뀐다.

"그래서 어떻게 되었나요?"

"사건이 요란했지요.

처음에는 학생과 학부모는 성폭행을 당했다고 주장하고 학교 측과 선생님은 그런 일이 없었다고 주장했다나요.

그러나 학생이 성폭행을 당했다고 계속 주장하자 선생님 측에서는 정신 발달장애 학생 말을 어떻게 믿을 수 있냐며 절대 그런 일이 없었다고 버티고 있다는 소문이 났었는데?"

"그래요.

그러나 재판 결과 선생님이 결국 인정한 것으로 알려졌고 그 일로 인해 사랑학교 교장 선생님이 골치가 아파지자 명예퇴직을 하려 했으나 도 교육청에서 퇴직을 받아주지 않아 한동안 면직되었다가 결국 감봉 초치를 당하고 퇴직했으며, 교감 선생님도 문책을 당했다는 소문이 있었는데 깊은 내막은 잘 모르겠네요."

"그러다 보니 학교가 어수선하여 머뭇거리고 있는데 학교에서 정년퇴직을 한 샛별이 아버지가 하는 말이,

'우리가 살아 있는 동안 샛별이를 잘 보살펴 주면서 천천히 생각해 보자'고 해서 그만두었지요."

"그때 일부 어머니들은 장애인 부모회를 조직하여 그룹-홈을 만들었다는 소문이 있었는데?"

"네, 만들어서 지금 운영하고 있다는 소문은 들었지요.

거기에도 처음에는 샛별이 아버지가 학교에서 퇴직하고 '장애인 부모회' 이사로 들어가 몇 번 회의에 참석해 보더니 무슨 이유인지 자기는 뜻이 맞지 않는다고 그만두더라고."

"왜 그만두었을까?"

"성격이 까다로운 사람인데 아마 먼저 들어온 사람들이 중등학교에서 교장이나 하다 왔다고 하니까 사심이 있어서 들어온 것 같은 생각에서 인지 견제가 들어왔던 모양이야요.

그래서 자존심이 상했는지 샛별이 문제는 조금 더 시간을 두고 생각해 보자고 해서 그만두었지요." 이렇게 이야기하는 동안 어머니들은 다시 학교 교사의 성폭력 문제로 서로 들은 이야기를 옮기다 보니 자리가 어수선해진다.

6. 멀어지는 인간관계

2021. 6. 27. 포항 송도해변 거미인간 조형물

분명 사람의 형태를 만들어 놓은 조형물인데 속이 텅 빈 허울뿐인 사람 형태 조형물처럼 지적 발달 장애 아이를 키우다 보니 친척이나 사회로부터 이런 오해 저런 오해 다 뒤집어쓰고 혼자 외롭게 사는 허울뿐인 사람으로 변해 버렸네.

학교에서 교사에 의한 학생 성폭력 이야기가 나오자 여자아이를 둔 꽃님이 어머니와 윤정이 어머니가 그때 떠돌던 소문의 이야기에 열을 올린다.

거기에다 50대의 젊은 어머니들도 한몫 거들다 보니 자리가 어수선하며 한동안 왁자지껄한 분위기가 연출되었다.

그러자 이사장이

"자 이제 그 이야기는 그만두고 우리 아이들 때문에 일어났던 일들을 이야기해 봅시다.

아마 우리 애들 때문에 시댁이나 친정에 가서라든지 또는 이웃에 말 못 할 고민이 많이 있었을 것 같은데." 하자

"그 이야기는 나이가 제일 많으신 이사장님부터 한마디 들려주시죠."라고 샛별이 어머니가 이사장이 듣고만 있는 것이 안쓰러웠는지 이사장을 꼬드긴다.

그러자 모두 좋다고 이구동성으로 대답을 하며 고개를 끄덕이자 이사장은 못 이기는 체하다가 이야기를 꺼낸다.

"이제는 다 지나간 일들이지만 지난날을 생각하면 가슴 아프지?

우리 애 아빠는 3남 2녀의 큰아들로 태어났지요.

시부모는 조그마한 어선을 한 척 가지고 부산 변두리의 어촌에 살고 있었는데 열심히 일하여 가난한 살림에도 불구하고 큰아들을 대학까지 가르쳤으며 공부를 싫어하던 둘째

만 고등학교를 졸업하고 모두 초급대학 이상을 가르친 억척 부모였답니다.

내 남편은 대학을 졸업하고 부산에 있는 중소기업에 다니고 있을 때 결혼해서 결혼 초부터 부모 집에서 나와 얼마 안 떨어진 부산 시내에 조그마한 전셋집을 얻어 살림을 시작했지요.

그러다 보니 주말만 되면 부산 변두리에 사는 부모님을 자주 찾아뵙게 되었답니다.

우리가 결혼하고 나자 얼마 안 있다가 시아버지와 같이 고기를 잡던 둘째 아들도 이웃 마을의 아가씨와 눈이 맞아 장가를 가게 되었지.

둘째는 신혼살림을 부모가 사는 행랑채에서 시작하게 되어 자연스럽게 부모님은 둘째가 모시는 꼴이 되었답니다.

결혼 후 우리가 첫아들을 낳은 후 6개월 뒤에 둘째네도 우리와 똑같이 아들을 낳잖아.

그런데 두 아이가 성장 과정에서 서로 차이가 나도 너무 나잖아요.

처음에는 잘 몰랐는데 1년이 지나고 2년이 지나다 보니 완연하게 차이가 나기 시작했답니다.

내 아이는 지적장애를 가진 아이로 심장병을 합병증으로 가지고 있었으니 그럴 수뿐이 없었지요.

그러다 둘째를 낳는데 나는 딸을 낳지요.

그러다 보니 자연스럽게 시부모님이 둘째를 챙기는 것 같은 기분이 들기 시작했답니다.

그때만 해도 어른들은 자기 대를 잇는다는 생각에 큰아들은 꼭 똑똑한 아들 하나는 두어야만 하는 세상이었지.

그런데 국가에서는 아들딸 구별 말고 둘만 낳아 잘 기르자고 관공서마다 포스터를 붙여놓고 계몽하던 시절이고.

그리고 아이 둘을 나은 남자는 정관수술을 받으라고 권장하고 정관수술을 받은 사람은 예비군 훈련도 면제해 주던 때였어.

그런데도 우리는 셋째를 낳았는데 또 딸을 낳지 뭐야." 그러자 주변에서 한마디씩 한다.

"애 아버지가 정관수술을 받지 않았던 모양이지요?"

"우리 애 아빠는 보수적이라 그런지 처음에는 아들이 꼭 있어야 한다고 했던 사람이라오.

정상적인 아들을 낳아 그 집안의 대를 이어야 한다는 고리타분한 생각을 하고 있었지."

"그럼 갈등이 많았겠네요?"

"그런 상황에서 시댁을 찾아가면 시부모님들이 우리 애들을 사랑하는 것 같았지만 사실은 둘째네 아들을 더 귀여워한다는 것을 자신도 모르게 조금씩 느끼게 되었지."

"둘째네는 아이를 하나만 두었나요?"

"아니야,

둘째네는 아들만 내리 셋을 두었지요."

"어머나 하느님도 불공평하셔, 누구는 장애아이다가 딸만 계속 주시고 누구는 아들만 셋씩이나 주니?" 하며 봉우 어머니가 한탄 섞인 소리를 한다."

"그러게 말이여."

"그러다 보니 우리 집은 자연스럽게 시댁과 멀어지는 꼴이 되었지.

시어머니는 내가 셋째도 딸을 낳자 남편에게 둘째네 아들을 하나 양자로 입양시키면 어떻겠냐고 이야기하더라 자나."

"네? 양자로"

"전에는 아들이 없으면 형제간에 아들이 많은 집에서 없는 집에 양아들로 주는 일이 더러 있었지."

"그런 제도가 있었어요?" 하며 젊은 어머니들은 어이없다는 표정이다.

"그럼,

나도 딸만 셋 있을 때 그런 말을 들었는데." 하며 샛별이 어머니가 장단을 맞춘다.

"이런 와중에 어느 날 남편이 술을 잔뜩 먹고 들어와 취중에

'여보 우리 이곳에서 이사 가자' 하잖아요.

나는 무슨 말인지 모르고 술에 취해 헛소리하는 줄 알았

6. 멀어지는 인간관계

는데 그다음 날 술이 깨고 나서도 직장을 그만두겠다며 이사
를 가자고 조르지 뭡니까."

"무슨 일이 있었나 보죠?"
"모르겠어,
누구에게 무슨 말을 들은 것인지 그다음 말이 없었으니
까?"
"결국 직장을 그만두고 이곳으로 이사를 오게 된 것이라
오."
"혹시 양아들 문제로 고민하고 계신 것은 아니었을까
요?"
"글쎄?
이렇게 이사 와서 시댁에 가는 것은 점점 멀어져 시댁 식
구들과는 거리가 멀어지게 되었지."
"여하튼 옛날 어른들은 알다가도 모를 일들이 종종 있다
니까."
"그럼 지금도 시댁 식구들을 멀리하고 있나요?"
"아니야,
우리가 복지시설을 만들어 놓고 이곳에 안착하자 시동생
자녀들이 둘이나 우리와 같이 이곳에 살면서 우리 일을 도
와주지."
"그렇구먼요." 하고 센터장이 알겠다는 식으로 말을 한
다.

"자 나는 그만 이야기하고 아마 샛별이 어머니가 한이 많을 것 같은데 한 번 이야기보따리를 풀어 보시지."

"그래요, 제가 알기로도 샛별이네 집은 친척이 많은 것으로 알고 있는데?" 하며 꽃님이 어머니가 나선다.

"그럼 그럴까요." 하며 샛별이 어머니가 앞에 있는 음료수를 한 모금 마시며 지난날을 회상하듯 지그시 눈을 감고 생각하더니 이야기가 술술 풀려나온다.

"내 운명이 기구했던 모양이야요.

농부 집에 7남매 큰딸로 태어나서 7남매나 되는 큰아들한테 시집을 왔으니 쉬운 팔자는 아닌 모양이지요."

"양쪽 집이 다 7남매라 정말 대단하네요."

"나는 어릴 때 아버지가 큰아들이고 어머니가 6남매 중 고명딸이면서 제일 위 손이라 양가에 할아버지와 할머니로부터 귀여움을 독차지하며 자라 버릇이 없었죠.

거기다 나이 차이가 별로 나지 않는 삼촌과 고모 그리고 외삼촌 밑에서 자라다 보니, 고집이 세고 욕심이 많았던 모양이야.

우리 또래들이 결혼할 때 나이가 남자는 20대 중 후반에 하고 여자는 20대 초반에 대부분 했었잖아요.

나도 20대 초반이 되자 사방에서 중매가 들어왔는데 무슨 고집인지 결혼을 하지 않겠다고 선을 보고 나면 모두 거절을 했지 뭡니까?"

6. 멀어지는 인간관계

"샛별이 어머니는 얼굴이 예뻐서 중매가 많이 들어왔을 거야." 하고 이사장이 거든다.

그러자 봉우 어머니가

"중매를 거절한 이유라도 있었나요?"

"아무것도 가진 것이 없는 사람이 잘난 체한 것이겠지.

그때 무슨 생각에 내 결혼 상대는 대학을 나오지 않은 사람한테는 절대로 시집을 안 간다고 고집을 부렸지 뭡니까,

지금 생각해 보면 웃기는 일이지만.

그때만 해도 대학 나온 사람이 어디 흔했습니까?

나는 겨우 고등학교를 나온 데다 농부 집 딸로 돈이 많은 부자도 아니고 번번한 직업도 없는 사람이 할아버지 할머니와 삼촌과 고모를 믿고 어리광만 떨면서 살다 보니 헛욕심이 생겼던 모양이지요.

어쩌다 대학 나온 사람이 중매가 들어와서 선을 보고 나면 이번에는 반대로 내가 거절당했지요.

아마 학교는 고등학교만 나왔고 부모가 농사를 짓는다고 하니까 거절했던 모양인데 그때는 그것을 잘 몰랐지요."

"그래도 성공한 모양이네요?

샛별이 아빠가 중등학교 선생님인 걸 보면 대학을 나온 것은 확실한데." 하고 하늘이 어머니가 거든다.

"내 나이가 27살 때 어느 날 별로 친하지도 않은 나이차

가 많이 나는 사주쟁이 부인인 친구가 낮에 갑자기 우리 집을 찾아와 지금 당장 선을 보러 가자고 조르잖아요.

그래서 처음에는 '갑자기 무슨 맞선이냐고' 거절하자 지금 법대 3학년에 다니는 대학생인데 집이 부자라 무슨 사업을 한다고 자기 남편과 상의하고 있으며 키도 크고 얼굴도 잘생겼으니 결혼을 하고 아니하고는 한번 만나본 다음에 결정하라고 조르잖아요.

그래서 속으로 어떤 미친놈의 학생이 하라는 공부는 하지 않고 결혼을 하려고 하나 호기심이 생겨 화장도 하지 않은 채 옷도 평소 입던 그대로 따라갔지 뭐예요."

"마음에 쏙 들었던 모양이네요?" 하고 센터장이 웃으며 말한다.

"가서 보니 키가 헌칠하고 목소리가 허스키 하니 남자다웠으며 싫지는 않은 인상을 받았지 뭡니까?

그래서 집에 와 어머니께 이야기했더니 결혼이 늦어지는 딸을 걱정하고 있었는데 잘 되었다고 생각했나, 혹시 가짜 대학생이 아닌가? 확인한다며 그다음 날 그 사람의 하숙집을 찾아갔다 왔잖아요.

가서 보니 정말로 법대생이며 학교 도서실로 공부하러 갔다는 사람을 옆방에서 같이 공부하고 있는 그의 친구를 시켜 불러와 만나 봤다며 착해 보이고 귀티 나는 대학생이라고 하면서 시집을 가라고 성화를 대잖아요.

이렇게 해서 서로 만난 지 15일 만에 약혼하고 약혼 후 30

일 만에 결혼했지요.”

“그렇게 빨리?”
“어머니도 서둘렀지만, 그도 서둘렀지요.
결혼 문제로 공부하는데 방해받지 않고 싶다며 서둘지 뭡니까?”
지금 생각해 보면 귀신에게 홀렸나 봅니다.
시댁에 대하여 아무것도 모르고 학생인 당사자만 보고 결혼을 서둘렀으니 27살이란 나이를 헛먹었고 우리 어머니도 왜 그 사람한테 넘어갔나 모르겠어요.” 하자

이사장이
“샛별이 아빠가 원래 미남이잖아, 나도 보니 멋지고 인자하며 신사답게 보이던데.”
“그려요.
샛별이 아빠 정도면 어떤 여자라도 호감을 느낄 만하지요.” 하면서 샛별이 아빠를 본 사람들이 껄껄대며 한마디씩 한다.

“그다음 이야기 좀 해 봐요?”
“그야 뻔하잖아,
학생한테 결혼 한 사람이 행복하면 얼마나 행복했겠어.
처음에 결혼식을 올리고 시댁을 찾아가 보니 기가 찼지.”
“왜 부잣집이 아니었나요?”

"논산읍에 산다고 했는데 시내에서도 한참 떨어진 변두리로 정류장에서 2㎞나 떨어진 시골 마을이었지요.

버스서 내려 불도 없는 신작로로 둘이 걸어가는데 혹시 내가 도깨비한테 홀린 것이 아닌가 하는 생각이 들었지.

나중에 안 일이지만 애 아빠 이야기가 시골의 가난한 집에서 7남매 맏이인데 어머니가 갑자기 몸이 안 좋아 죽는다고 하여 깜짝 놀라 어머니가 돌아가시면 자기는 결혼도 못할 것 같다는 생각이 들어 결혼을 서두르게 되었다지 뭡니까?"

"시댁에 대해서는 사전에 아무것도 알아보지 않았던 모양이지요?"

"시집을 가라고 귀신에 씌었나 보지 뭐."

"신랑이 얼마나 좋았으면 그랬을까?"

"여하튼 이렇게 시작된 결혼 생활이 가난 속에 살면서도 나름대로 살림을 키워나갔지.

남편이 4학년 때 첫 딸을 낳고 졸업하면서 준비하던 시험에 떨어지자 가정 걱정이 되었는지 지금까지 준비하던 시험을 포기하고 쉽게 합격할 수 있는 교원 채용 고시를 준비하더라고요.

그런데,

객지에 가서 살라는 팔자인지 전라북도와 충청남도에서는 애 아빠의 과목을 뽑지 않아 강원도에 가서 시험을 봐 합

6. 떨어지는 인간관계

격하여 교직에 들어갔지요."

그러자 꽃님이 어머니가 궁금하다는 듯

"그럼 강원도에서 교직을 시작했네요?"

"예 첫 직장을 강원도에서 시작했지요." 하자

"강원도 어디에서 얼마나 살다 왔나요?"

"속초에서 근 10여 년을 살고 이쪽으로 넘어왔지요. 그때 강원도에 살면서 둘째와 셋째를 낳고 비록 돈은 없어 피난민 집에서 살았지만, 걱정 없이 살았지요."

"속초는 아름다운 설악산도 있고 동해의 맑은 모래밭인 해수욕장도 있으니 재미있었겠는데요?"

"봄이나 가을에는 설악동 계곡에 가서 놀고 여름에는 설악동 계곡이나 속초 해수욕장에 아이들과 다닌 것이 하나의 추억으로 남아 있지만, 가난에 몸부림치던 추억도 같이 남아 있답니다."

"하긴 그 시절에는 모두 다 가난에 허덕이며 살았잖아요." 하며 이사장이 알만하다는 표정을 짓는다.

"그러고 보니 내가 허튼 이야기만 하고 있구먼?" 하면서도 계속 이야기를 이어 간다.

"우리 부부는 가난 속에서도 큰아들과 큰딸 역할을 해 보겠다고 동생들이 결혼하면 부모님들에게 꼬박꼬박 결혼 비용을 시댁은 30만 원, 친정은 20만 원씩 보내드리라고 애 아빠가 신신당부를 하잖아요.

지금은 20~30만 원이 얼마 안 되지만 그때는 애 아빠 봉급이 6~7만 원 할 때라 결코 적은 돈이 아니었지요."

"그럼 몇 달 치를 모았다가 드린 거야?"

"친정은 20만 원씩 주라는데 화가 안 났어요?" 하며 젊은 어머니들이 한마디씩 한다.

"그때 사회는 남자 중심사회라 친정에 조금 적게 주더라도 주라고 하는 그 자체만으로도 고맙게 생각되었지,

그리고 동생 한 사람 결혼하면 우리 집은 3~4개월 봉급을 모았다 주었는데 동생들은 그것을 모르더라고요."

"왜 그랬을까?"

"큰아들과 큰딸이다 보니 돈을 동생에게 혼수 감을 직접 사 준 것이 아니라 부모님에게 동생 결혼 비용에 보태라고 주다 보니까 동생들은 알지 못한 것이지."

"듣고 보니 그렇겠네요."

"그런데 나는 친정 동생들이 결혼할 때는 축의금을 조금씩 줄여서 드리고 그 돈을 모으기 위하여 무진 계⁶를 속초에서 교장·교감 사모님들과 하나 들고 서울에 사는 시댁 이모에게 하나 들어 그 돈으로 속초에서 피난민들이 살던 집을

---

6. 계는 옛날부터 전해오는 상부상조의 민간 협동단체로 종류가 다양하게 있다. **무진 계**라는 것은 서민이 목돈을 만들기 위하여 만든 상호 신용계를 말한다. 오늘날 은행의 정기 적금과 같으나 다른 점은 먼저 타는 사람은 매달 적립금이 많고 늦게 타는 사람은 적게 내는 합리적인 목돈 마련 방법이나 계원끼리의 신용을 담보로 하고 있다.

한 채 장만했지요.”

“계가 얼마짜리인데 집을 사?”

“100만 원짜리를 두 개하고 그동안 조금 모아 놓은 돈에다 결혼 때 패물로 받은 팔찌와 반지를 팔아 집이라기보다는 창고 같은 피난민 집을 한 채 장만했답니다.”

“결혼 팔찌와 반지를 팔아요?”

“애 아빠가 결혼 때 양쪽 집 패물은 모두 금으로만 하자고 해서 그렇게 했더니 꿍꿍이속이 있었는데 그것을 몰랐지요.”

“어찌 보면 참 현명한 생각이 아니었나 싶은데요?”하며 남의 집에 사는 천호 어머니가 부러운 듯 한마디 거든다.

“우리가 장만한 집은 대지 20평에 건평 8평의 건물로 집이라고 하기는 민망할 정도나 큰 도로변에 있는 판잣집을 매입했는데 그것이 바로 우리 집 살림 밑천이 되었잖아요.”

“어떻게 했는데?”

“애 아빠가 그 집을 보더니 당장 사자고 해서 사게 되었답니다.

그리고 그 집에 도로변 쪽으로 창고 같은 곳이 한 칸 있었는데 그곳에 가게로 쓸 수 있게 만들었더니 집값이 두 배로 올라가게 되었지요.

그런데 그 집에서 한 해 겨울을 살았는데 겨울에 맨땅이 없어 김칫독을 묻지 못하고 부엌에다 두고 먹었더니 김치가 맛이 없잖아요.”

"지금은 김치냉장고가 나와서 그렇지만 전에는 김치를 땅에다 묻지 않으면 맛이 없어 먹을 수가 없었지?" 하고 나이 드신 이사장이 나서서 한마디 거든다.

"결국 그다음 해 봄에 집을 살 때보다 2배를 받고 판 다음 50m 정도 떨어진 곳에 대지 50평에 건평 18평 정도 되는 허름하게 생긴 슬레이트 지붕으로 된 집을 사서 이사를 갔지 뭡니까.

그리고 목수를 데려다 그 집에 거실을 만들고 처마[7]에 합판으로 덴조[8] 공사를 한 다음, 앞마당에다 예쁘게 정원을 만들어 놓았더니 집이 완전히 고급스러운 새로운 집이 되었답니다.

우리가 이 집을 살 때는 귀신이 나올 것 같은 허름하게 생긴 집이라 집주인이 집을 매매하겠다고 내놓은 지가 10년이 되어도 팔리지 않아 집값이 많이 내려가 있었는데 우리가 집을 수리해 놓아서 그런지 집이 완전히 변하여 그해 가을에 근 두 배로 내놓았는데 금방 매매가 되었지 뭡니까?

그래서 그다음은 속초 교동이라는 곳에 학교 교장 선생님들과 같은 밥술이나 먹고사는 사람들이 사는 골목에 제대로 된 한옥을 한 채 사서 살게 되었지요."

---

7. 지붕이 도리 밖으로 내민 부분. 방언으로 추마라고도 함
8. 일본 말로 천정이나 천장을 말함

"어머 2년 사이에?

집을 수리하는 기술이 있었나 봐요?" 하고 한마디씩 한다.

"애 아빠가 학교에 있어서 그런지 눈썰미가 있었던 모양이야요." 하자

이사장이

"1960~70년대 대학을 나온 사람이라면 일반 사람들과는 무엇이 달라도 다른 사람들이지." 한다.

"어머,

내가 지금 무슨 이야기만 하는 거야, 아이 이야기를 한다면서 서두가 너무 길어졌네." 하자

"그 이야기가 더 재미있는데요.

계속 들려주세요." 하며 천호 어머니가 더 듣기를 원한다.

그러자 샛별이 어머니는 이야기를 계속한다.

"강원도 속초라는 곳에 아이를 셋이나 두고 살다 보니 친정이나 시댁에 자주 갈 수 있는 상황이 못 되었답니다.

그때는 지금과 같이 명절을 3일씩 쉴 때도 아니고 달랑 하루 쉬었잖아요.

그러다 보니 시댁이나 친정은 여름 방학과 겨울 방학 때 잠깐 다녀왔지요.

동생들 결혼식에도 둘이 같이 다니지 못하고 나 혼자 아이 셋을 데리고 직접 가는 차가 없어 처음에는 속초에서 강

릉, 강릉에서 서울, 서울에서 대전, 대전에서 논산까지 버스를 타고 빙빙 돌다 보면 하루해가 꼬박 걸렸지요.

그러다 보니 애 아빠는 위에 있는 동생들 결혼식에는 한 번도 참석해 본 적이 없는 사람이랍니다."

"그런데 어떻게 이곳에 와서 살게 되었나요?"

"큰아들이다 보니 늘 부모님이 계신 가까운 곳에 살겠다고 처음에는 자기가 나온 대학이 있는 전라북도로 가려고 하더니 무슨 생각이 들었나 고향인 충청남도로 바꾸어 교사 도간교류로 이곳까지 오게 된 것이지요."

"본인은 물론 부모님들이 무척이나 좋아했겠어요?"

"꿈만 같았지요.

그리고 명절이나 부모님들 생신이면 꼭 시댁에 들리기도 했고, 여름 방학 때면 꼭 시댁 식구나 친정 식구들과 물놀이도 가고 한동안 재미있게 살았답니다.

그런데 아들이 없는 게 문제였지요.

처음에는 바로 손아래에 있는 둘째 아들이 결혼을 늦게 하여 몰랐는데 둘째와 셋째 아들이 결혼하자 아들만 낳잖아요.

그러다 보니 지금까지 귀여움을 독차지했던 내 딸들은 할아버지나 할머니로부터 관심 밖으로 밀려나게 되었지요.

지금도 셋째 딸은 자기는 한 번도 할아버지 무릎에 앉아 본 적이 없다고 불만을 하니까? 알만하잖아요.

그러다 막내딸과 12년 차이가 나는 우리 샛별이가 태어났잖아요."

"그렇게 늦게?"

"한동안 아이가 안 생기더니 40 중반이 다 되어 아이가 생긴 것이지요.

그러자 애 아빠가 창피하다고 하는데 아까 이야기한 대로 대학병원에 가서 태아 검사를 해 본 결과 아들이라고 하잖아요."

"얼마나 좋았을까?"

"그동안 아들이 없어 시댁에 가면 은근히 시부모 눈치가 보였고 친정엄마는 보기만 하면 아들 하나 낳으라고 성화를 댔는데 아들을 낳으니까 하늘을 날아갈 듯이 기뻤지 뭡니까?

거기다 처음에는 출산하는 것을 반대하던 애 아빠도 태아 성별 검사에서 아들이라니까 못 이기는 체하며 낳기를 원한 것이지.

이렇게 귀하게 얻은 아들이 장애아이라고 하니 우리 부부는 처음에는 믿어지지 않았으며 허탈감에 빠져 방황하면서 누구에게 말도 못 하고 냉가슴만 앓고 있었지요.

그러다 보니 장애 아이가 우리 집에 태어난 것은 조상님 탓이 아닌가? 하는 엉뚱한 생각을 하면서 그동안 잘 다니던 부모님 집에도 발걸음이 점점 줄어들어 특별한 행사 때에만 참석하는 사람이 되었잖아요.

그런데 문제는 아이가 장애아이다 보니 시동생이나 동생들 결혼식에 참석을 어떻게 해야 하나 하는 문제가 생겼지요.

더구나 양쪽 집 큰아들과 큰딸이다 보니 형제나 친척 집의 동생들 결혼이 좀 많아요.

그때마다 우리 집은 갈등이 나타나게 되었답니다.

그래서 아이가 어릴 때는 세 식구가 결혼식에 참석하여 한 사람만 예식장에 들어가 인사를 하고 한 사람은 아이와 같이 밖에서 산책을 하다가 가족사진도 찍지 않고 봉투만 주고 오는 일도 있었답니다." 하자

이사장이 이상하다는 듯
"아니, 왜 예식장에 못 들어가?" 하고 묻는다.

"혹시 사돈네 되는 사람들이 우리 샛별이를 보고 장애인의 혈통을 가진 집안이란 오해를 할까 봐 조심한 것이지요."

"시부모나 부모님들은 아무 말도 없었나요?"

"가족이 많다 보니 알지도 못했을 것이지만 혹시 알고 있더라도 모르는 체했는지도 모르지요."

"설마, 그럴 리가 있겠어요? 그것은 자격지심이겠지." 하고 대화를 나눈다.

6. 멀어지는 인간관계

"그러나 이런 사소한 일들이 쌓여 나와 시댁 식구가 멀어지는 원인이 될 줄을 누가 알았습니까?

글쎄 한 번은 애 아빠가 자기 집을 다녀오더니 하는 소리가 어머니가 그러는데 여동생들이 새언니는 우리들 결혼식에 한 번도 같이 사진을 찍은 적이 없다면서 자기들을 무시해서 그런 것이 아니냐고 투덜대더라고 말하잖아요.

그래서 자기가

'그 사람이 사진에 없는 것은 큰동생 결혼 때는 맏며느리라 손님 접대할 음식상을 준비하리라 못 찍었고 밑에 있는 동생들은 샛별이 때문에 혹시 저희 시집살이에 누가 될까 봐 사진 찍는데 나타나지 않은 것이지'라고 설명을 해 줬다는데 어이가 없었지요."

"그려,

옛날에는 결혼식 때 오늘날과 같이 피로연을 음식점의 음식으로만 한 것이 아니라 집에서 떡이나 부침개[9] 등 음식을 장만해서 가지고 갔었지.

그러다 보면 며느리들은 결혼식장에 참석하지도 못하고 음식점에서 음식상 차리는데 정신이 없었잖아." 하며 나이가 많은 이사장이 거든다.

"그러고 보면 요즘 세상은 얼마나 편해요.

---

9. 빈대떡, 누름적, 전병과 같은 기름에 부쳐서 만드는 음식을 통틀어 이르는 말. 일명 전이라고도 함

옛날에는 집안에 큰 행사만 있으며 여자들은 죽을 지경이었지요."라고 윤정이 어머니도 한마디 한다.

"이런 일이 있고 나서도 우리는 별로 내색을 하지 않고 시댁을 들랑거렸지요.

그러다 결정적인 일이 나타나고 말았답니다.

시아버지 생신 때 벌어진 일인데, 내 아이가 초등부 3학년 때 있었던 일이지요,

우리는 직장에 있어서 시부모 생신은 돌아오기 직전 토요일 날 모든 형제가 모여서 1박 2일로 생일 파티를 했죠."

"식구가 매우 많았을 것 같은데?"

"많았지요.

어른들만 해도 부부가 다 오면 부모님까지 열여섯 사람에다 아이들까지 합치면 근 30여 명이 되었지,

그러다 보니 시부모 생일 한번 치르고 나면 다른 며느리들도 힘들었지만, 시어머니와 한집에 사는 둘째 동서는 혼이 났지.

그때 집에 돌아오더니 애 아빠가 앞으로 자기와 샛별이는 형제들 모임에 가지 않을 테니 대신 당신이나 가서 행사를 치르고 오라고 하잖아요."

"왜 무슨 일이 있었던 모양이지요?"

"나는 모르는 일인데 글쎄, 방에서 아버지와 이야기하고

있는데 샛별이가 저보다 다섯 살이나 어린 이종사촌 동생이 가지고 놀고 있는 장난감 하나를 만지려 하자 어린 녀석이 다섯 살이나 더 먹은 이종사촌 형의 귀싸대기를 올려붙이더라 잖아요.

그러자

동생에게 뺨을 맞은 샛별이가 느닷없이 자기 따귀를 때려 깜짝 놀라

'누가 아빠를 때려' 하고 혼내면서 생각해 보니 이 녀석이 종종 학교에 다녀와서 자기 뺨을 때리려 하여 못하게 했는데 생각해 보니 이 아이가 남으로부터 뺨을 맞고 오는 날이면 분풀이로 아버지인 자기를 때리려 한다는 생각이 들더래요.

그런데 그때 이 모습을 보고 있던 시아버지는

'허 그놈 참 맹랑하네' 하시고 옆에서 이것을 보고 있던 애 엄마인 여동생은 웃으면서 자기 눈치를 실실 보면서

'누가 형을 때려' 하면서 자기 아들을 나무라는 척하는 것이 혼내는 것이 아니라 제 아들을 자랑하는 것 같은 생각이 들더래요.

그러면서 이 아이가 밖에서 놀 때나 학교에서 수시로 따귀를 맞고 다니는 모양인데 잘 살펴보라고 하는데 내 가슴이 어찌나 쓰리던지?

그런 일이 있고나서 샛별이 아버지는 학교 일도 바빴지만, 바쁘다는 핑계로 시댁에 가는 일이 점점 줄어들었지요.

그러고 시댁에 가면 샛별이와 나이가 비슷한 사촌들이 많이 있었는데 이 녀석들이 놀면서 저희끼리만 놀고 샛별이는 따돌리며 상대를 해 주지 않잖아요.

그런데도 샛별이도 같이 데리고 놀라는 말을 하는 형제가 하나도 없으니 애 아빠도 시댁 식구들에게 정이 멀어지고 있었던 모양이에요.

그러다 어느 날 어느 동서인지 기억이 잘 안 나는데 나한테 이상한 말을 하지 뭡니까?"

"무슨 말을 했는데요?"

"아~ 글쎄,

시어머니가 우리 샛별이가 장애인이라 자기들 대를 이을 수 없으니까 자기들의 대는 둘째네 큰아들이나 셋째네 아들에게 물려준다고 했다나요?

나는 어이가 없었지요.

샛별이 아빠도 우리가 대를 이어주지 못하니 함께 사는 둘째에게 큰아들 역할을 할 수 있게 모든 것을 양보하자고 하고 있는데 막상 그런 이야기를 듣고 나니 기가 막히지 뭡니까?"

"그럼, 둘째는 처음부터 시부모와 같이 살고 있었나요?"

"아니요.

결혼 초 1년간은 같은 집에 살다가 1년이 지난 후에 시내로 따로 살림을 냈었지.

그리고 둘째네 부부는 딸기 농사를 지으면서 딸기 음료수 공장도 겸해서 하는데 늘 바쁘게 사는 사람으로 누가 보더라도 열심히 사는 사람이라 살림이 점점 불어나 지금은 시골에서는 제법 먹고살 만한 사람이지요.

그런데 시부모님이 밑에 있는 많은 시동생을 가르치고 출가시키는 데 돈이 필요한데 자기들 농사짓는 것으로는 부족했던 모양이지요.

그래서 큰아들한테 손을 빌리려니 객지에 나가 선생 봉급으로 겨우 먹고살고 있으니 말할 수가 없어 둘째 아들한테 적지 않게 수시로 돈을 가져다 사용한 모양이야.

그러자 둘째는 빌려 간 돈 대신 마을 앞에 있는 시부모 앞으로 되어 있는 논 700평을 자기 앞으로 등기를 돌려 달라면서 거기에다 딸기 음료수 공장과 살림집을 짓고 1층은 시부모가 살고 2층은 자기네가 살면 어떻겠냐고 물어보더라잖아.

그래서 시부모가 생각해 보니까 큰아들은 천안에다 자리를 잡은 것 같고 둘째가 늘 바쁜 것 같으니까 일도 거들어 주면서 같이 살면 늙어 가면서 외롭지 않겠더라는 생각이 들더래.

그래서 그러라고 하면서 자기들이 사는 집을 팔아 돈을 일부 보태줘서 공장 겸 살림집을 커다랗게 짓고 같이 살게 되었지."

"그럼 큰아들에게 사전에 둘째와 살겠다고 상의를 했겠지요?"

"아니야,

우리는 전혀 알지 못하고 집이 거의 다 완성된 다음에 알게 되었지."

"어떻게 큰아들한테 상의 한번 안 했을까?"

"속이 많이 상했겠네요."

"속이 상할 것도 없지.

어차피 우리는 시골에 들어가 산다는 생각은 하지 않았으니까?

그런데 애 아빠는 조금 서운했던 모양이야."

"아무래도 큰아들인데 왜 서운하지 않았겠어요."

"애 아빠는 결혼 초부터 가난한 집에 시동생들이 많으니까 우리는 절대로 부모에게 손을 벌리지 말자고 신신당부를 했으며 명절이나 행사 때 시부모가 싸주는 음식도 못 가져오게 한 사람이지.

그 대신 보태줄 수도 없으니까 가져오지도 말자고 결혼 초부터 나에게 신신당부한 사람이야.

그러다 보니 결혼하자마자 1년이 멀다고 이사를 했는데 한 번도 시부모의 도움을 받아 본 적이 없고 우리 부부가 해결하면서 살았지요.

어느 날인가,

애 아빠가 이야기하는데 자기가 어렸을 때 그 동네에서 밥술이나 먹고사는 자기 친구 아버지가 4형제인데 큰아들이 동생들에게 재산을 하나도 안 주고 자기만 다 가지려고 한다며, 막냇동생이 쥐약을 먹고 자살하려고 했던 사건이 있었는데 그 소문을 듣고 자기는 절대로 부모님 재산을 받지 않겠다고 생각했다며 그 대신 주지도 않을 것이라고 하잖아요."

"일찍 깨달은 모양이네요?"
"그런데 문제가 생겼지."
"왜요?"
"둘째네 집은 공장 겸 살림집이다 보니 마당이 넓었으며 시동생이 부지런하여 정원이 잘 가꾸어져 있었지.

그러다 보니 결혼해서 객지에 나가 사는 딸들이 토요일만 되면 아이를 데리고 와 놈[10]들을 데리고 일을 하는 친정에 와서 난리를 피우고 가는 거야.

이것이 한두 번이지 명절이라고 와서 난리지,

또 휴일이라고 해서 난리지 하니까 밑에 동서 내외가 성질이 날 수밖에~.

이때 시어머니가 딸들에게 눈치를 줬으면 좋았을 것인데 노인네가 손자들이 와서 왁자지껄 노는 것이 좋았던 모양이야.

---

10. 밥과 술을 먹고 품삯을 주어 일을 시키는 일꾼을 가르치는 민속 용어

그러다 보니 점점 둘째 아들과도 사이가 멀어져 간 모양이지.

거기다 막내아들도 같은 마을에 살면서 딸기 농사를 짓는데 심심하면 그 집에 가서 일을 거들어 주다 보니 둘째는 이것도 못마땅했던 모양이고.

이런 것들이 불똥이 되어 객지에서 고생하며 혼자 열심히 사는 우리가 다 뒤집어썼지.

그러다 보니까 아이도 그렇고 부모와 형제 사이도 정이 멀어지니까 자연히 왕래가 없어지고 각자 살게 되더라고.

그리고 아이도 크고 나도 늙어지니 세상 모든 것을 체념하고 이것이 내 인생이려니 하고 사니까 지금은 아이를 등에 업고 동서남북 뛰어다니던 때가 하나의 추억이 되어 버렸다오.

그리고 보니 내가 너무 장황하게 이야기했네,

하늘이 어머니가 한 말씀해 보시지?" 하며 이야기를 돌린다.

그러자 조용히 듣고만 있던 하늘이 어머니가

"저야 머 할 말이 있겠어요." 하며 뒤로 빼는데 윤정이 어머니가

"하늘이 어머니도 한이 많을 것 같은데 이런 때 속 좀 확 풀어보시지." 하며 권한다.

"저는 사람이기를 포기하고 사는 사람이지요.

아까 이야기한 대로 하늘이가 자폐라는 것을 알고 아이 낳는 것을 포기했잖아요.

그리고 애 아빠도 한동안 괴로워하더니 회사 일에만 몰두하고요.

그래도 아이가 어릴 때는 앞으로 좋아지겠지 하는 기대감을 가지며 나름대로 희망을 가지며 살았는데 아이가 커 가면서 점점 더 힘들어지지 뭐예요.

시댁과의 관계는 애 아빠가 둘째 아들인 데다 아이까지 이러다 보니 시부모들로부터 관심 밖의 사람으로 되어버린 지 오래되었답니다.

아이가 어릴 때는 조기 특수교육을 해 보겠다고 샛별이 어머님같이 동서남북 뛰어다녔지만, 변화는 별로 없었지요.

학교도 사랑학교를 14년 동안 다니면서 처음에 보조 교사가 없을 때는 아이의 돌발 행동으로 도저히 살 수가 없어 독한 마음을 먹고 아이를 시설에 보내려고도 했답니다." 하자

센터장이

"얼마나 괴로웠으면 배운 사람들이 고명 아들을 시설에 보내려고 했을까?" 한다.

"주변에서도 아이가 더 크기 전에 시설에 보내라고 권하잖아요.

그것이 나이를 먹어서 보내는 것보다 아이에게도 좋고 부모에게도 좋다고 하는데 솔깃하여 독한 마음을 먹고 남편한

테 이야기했더니 처음에는 못 들은 체하다가 무슨 생각이 들었나 한번 맡겨 보자고 했지요.

그래서 충청북도에 있는 이름깨나 나있는 시설에다 여름 방학을 이용하여 맡겨 보았답니다.

아이를 보내고 나면 몸과 마음이 편할 줄 알았는데 잘못 생각했다는 것을 금방 깨달았지요.

매일 아이가 눈앞에 선하고 지금 어떻게 하고 있을까? 하는 생각에 머리가 지근거리며 아프고 밤에는 잠도 못 자고 오히려 미칠 것만 같더라고요.

이를 악물고 1주일을 견디다 더는 안 되겠다는 생각이 들어 애 아빠한테 데리러 가자고 하니까 처음에는 한 달만 버텨 보자고 하더니 무슨 생각이 들었는지 열흘이 조금 지난 것 같은데 자기도 보고 싶어 도저히 안 되겠다고 하며 데리러 갔잖아요."

"가서 보니 잘 적응하고 있던가요?" 하고 천호 어머니가 궁금하다는 듯 묻는다.

"적응은 그만두고 아이가 반쪽이 되어 눈만 멀뚱거리다 나를 보자마자 달려들어 내 다리를 꽉 붙잡고 애원하는 눈동자로 나를 쳐다보잖아요."

"얼마나 속이 짠했을까?"

"저도 눈물이 왈칵 났지요."

"왜, 눈물이 안 나겠어." 하며 그 심정 이해하겠다는 식으로 봉우 어머니가 장단을 맞춘다.

"아이를 차에 태우고 돌아오면서 애 아버지도 아이를 바라보고 또 보면서 하는 말이

'하늘아 아빠가 미안해

아빠가 미안해

앞으로는 절대 하늘이를 다른 데에 보내지 않을게~' 하면서 목멘 소리로 아이를 달래는데 내 가슴이 얼마나 쓰라린지 가슴앓이를 근 한 달 가까이했지요.

그때 생각에는 아이를 낳아 시설에 보내는 사람은 사람이 아니라는 생각이 들더라고요.

그러고는 두 번 다시 시설은 생각해 본 적이 없고 누가 시설 이야기만 하면 나도 모르게 화부터 냈지요."

"이런 마음을 누가 알까?"

꽃님이 어머니가 이해할만하다는 듯 거든다.

"이런 일이 있고 나서는 아이가 말썽을 부려도 전과 같이 밉지도 않고 화도 나지 않지 뭐예요.

그리고 사랑학교도 보조 교사가 많이 들어와 내 아이의 전담 보조 교사가 배치되자 학교에서도 전과 같은 문제를 일으키지 않았지요."

"하늘이는 학교에서 무슨 문제로 말썽을 일으켰나요?"

하고 센터장이 궁금하다는 듯 묻는다.

"이 녀석은 가만히 있다가도 갑자기 옆에 있는 짝꿍을 갑자기 연필로 찍는 돌발행동을 하는 습관이 있잖아요.

그러다 보니 누구 한 사람이 옆에 붙어 있지 않으면 눈 깜짝할 사이에 문제를 일으키곤 했지요."

"그려,

그 애가 3학년 때 옆 짝꿍의 손등을 연필로 찍었다고 찍힌 아이의 엄마가 학교에 와서 난리를 피웠다는 소문이 기억나네." 하고 윤정이 어머니가 아는 체한다.

"그때 그 문제로 얼마나 애를 태웠는지 몰라요." 하자

이사장이

"이런 아이를 키우다 보면 별일이 다 있지." 하고 위로한다.

"그뿐이겠어요.

우리 하늘이 아빠는 3남 2녀의 막내로 좀 살만한 집에서 자라서 그런지 겁이 많고 좀 덤벙대는 성격이잖아요.

한번은 시어머니 생신이 돌아와 모처럼 형제들이 다 모였는데 하늘이가 문제를 일으켰지 뭐예요."

"어떻게?"

"생일 파티를 토요일 저녁때 하는데 어른들은 다 식탁에 둘러앉아 음식을 먹으면서 이야기를 나누고 있는데 옆방에서 놀고 있던 아이들 방에서 하늘이보다 한 살 더 많은 사촌

형이 고함을 지르며 우는 소리가 들리잖아요.

깜짝 놀라 방에 들어가 보니 하늘이란 녀석이 장난감 자동차를 집어던졌었다고 저보다 한 살 더 먹은 사촌 형이 이마를 감싸고 있는데 글쎄 이마가 2cm가 넘게 찢어졌잖아요.

그래서 밤중에 병원에 가서 상처를 바늘로 꿰매고 왔는데 손위 동서가 흉터가 생기면 어떡하냐고 걱정을 하는데 얼마나 무안했던지."

"왜 그랬을까?"

"장난감을 서로 가지겠다고 다투다가 싸운 모양이지요."

"우리 하늘이는 제 마음대로 되지 않으면 성질을 부리는데 애 아빠나 저나 다른데 정신을 팔다 아이 챙기는 것을 깜빡 잊어버린 것이지요.

그런 일이 일어난 다음부터는 시댁에 가는 것도 부담스러워 자연히 뜸해지고 어디 친척 집도 마음대로 못 가는 신세가 되었지요.

그러다 보니 친척들과도 자연히 멀어지게 되더라고요.

그리고 시댁은 시부모가 돌아가시자 거의 연락을 하지 않고 살고 있지요.

이렇게 하늘이와 하루하루 싸우며 살다 보니 이제는 그 많던 학교 친구들과도 점점 멀어지게 되어 외톨이가 되어 혼자 사는 인생이 되었지요." 하며 한숨을 내쉰다.

그러자 센터장이

"꽃님이 어머니가 한번 이야기해 보시지요."라고 꽃님이 어머니에게 이야기하기를 권한다.

"우리 꽃님이는 머리가 돌아가지 않아서 그런지 고집이 세고 창피한 것을 모르는 사람이지요.

우리가 사는 집이 아파트의 13층에서 사는데 엘리베이터를 탈 때 노인이나 남자 어른이 타면 고함을 지르며 못 타게 하잖아요.

그리고 제 마음에 들지 않으면 덩치는 커다란 여자가 땅바닥에 주저앉아 큰 소리로 울어대니 어디를 마음대로 다니지 못한답니다.

그러다 보니 아파트의 같은 라인에 사는 사람들은 꽃님이가 엘리베이터를 타려고 하면 미리 피해 주는데 낯모르는 사람들이 타면 가끔 황당해하지요.

어디 그뿐이겠습니까?

지금도 오후에 주간 보호센터에서 '장애인 활동보조사' 선생님과 같이 집에 오면 곧장 집으로 들어오지 않고 꼭 대형마트를 한 바퀴 돌아야 들어오지요.

그래서 저는 활동 보조 선생님에게 미안하여 꽃님이가 돌아올 때쯤이면 꼭 아파트 현관에 내려와 있다 같이 마트를 한 바퀴 쇼핑하고 집으로 들어가는 것이 생활화되어 있답니다."

"참 가슴 아픈 일이네요."

"그런데 그뿐이겠어요.
나는 이 아이가 보는 앞에서는 누구와도 이야기를 나눌 수가 없답니다.
금방 누가 나를 뺏어 가나 내 앞에서 양팔을 벌리고 막아서면서 가라고 소리를 버럭버럭 지르잖아요.
그래서 꽃님이가 보는 앞에서는 다른 사람과 이야기를 나눌 수가 없답니다.
그런데 요즘은 저를 봐주는 '장애인 활동보조사' 선생님을 좋아해서 그런지 활동 보조사 선생님이 다른 사람과 이야기만 하려면 앞을 가로막고 소리를 지른다잖아요." 하자

센터장이
"주간 보호센터에서는 그런 일이 없는데 이상하네요?
그리고 주간 보호센터에서는 천호와 꽃님이가 대장을 하는데."라고 한다.
"그러고 보니 청송원 주간 보호센터가 제 마음이 쏙 드는 모양이지요.
지난번에 다니던 주간 보호센터에서는 보살피기가 너무 힘이 든다고 쫓겨나 이곳으로 왔는데." 한다.

그러자 센터장이
"참 알 수가 없는 사람들이에요." 하면서

"남자 중에서 대장 노릇을 하는 천호 어머니 이야기 좀 들어 봅시다." 하자

"예, 우리 천호는 춤과 노래를 좋아하잖아요."
그러자 천호를 잘 아는 샛별이 어머니가,
"그려,
그래서 사랑학교에 다닐 때 축제만 돌아오면 천호 세상이었지."
"학교 축제뿐이에요.
학교에 가면 언제나 천호 이름이 교문 앞에 커다란 플래카드가 늘 걸려 있었는데.
춤뿐이 아니라 운동도 잘하는 모양이지요?" 하고 하늘이 어머니가 거든다.
"잘했으면 뭐해요. 아무런 쓸모가 없는데." 하며 천호 어머니는 한숨을 내 쉬자
"왜, 그래도 그 정도면 부모가 늘 붙어 있지는 않아도 되잖아?"
"그건 그렇지만 늘 말썽을 부리잖아요."
"웬 말썽?"
"툭하면 집을 뛰쳐나가 경찰서에서 연락이 오잖아요." 하자
봉우 어머니가 놀라는 표정으로
"경찰서에서?
무슨 일이 있었는데?" 한다.

"이 녀석이 노래를 좋아하잖아요.

그래서 늘 손에 들고 다니는 핸드폰에 제가 좋아하는 노래의 앱을 깔고 다니며 듣고 있지요.

이 녀석은 언제부터인가 하니라는 가수를 좋아하기 시작했나 봐요.

그러면서 혼자 집에 있으면 하니 노래만 듣고 있으면서 춤을 추지요.

그러다 어느 날부터 어떻게 하니 나이를 알고 저랑 나이가 같은데 생일이 늦다며 동생이라고 하면서 결혼하겠다고 허락해 달라고 난리를 피우잖아요.

그런가 하면 저도 어른이 되었다고 담배를 피워도 된다고 담배를 사서 피우겠다고 하지를 않나?

한마디로 어이가 없어서"

그러자 샛별이 어머니가 신기한 듯이

"결혼을 한대 누구랑?" 하고 묻자

"하니랑 결혼한다면서 하니도 저를 좋아하여 결혼하기로 약속했고, 하니 어머니도 결혼을 승낙했다며 결혼시켜 달라고 생떼를 쓰잖아요."

"흉악하네, 어쩌면 그런 머리는 잘 돌아갈까?"

"그뿐이겠어요.

하니의 팬클럽에 가입했다며 전화한다고 시도 때도 없이 전화해 대지 않나,

글쎄, 언제인가는 한 달에 전화비가 20만 원이 넘게 나와

난리를 피운 적이 있잖아요.

그리고 알 수가 없는 것이 정말로 여자아이들한테서 수시로 전화가 걸려 오지요.
그래서 어느 날인가는 내가 전화를 받아
'이 사람은 장애인이니까 전화하지 말라'고 해도 계속 오지요.
펜클럽 관리 차원에서 하는 것일까?
천호가 말하는 것을 들어보면 어딘가 모자란다는 것이 금방 나타나는데 천호를 놀리기 위해서 어린 여자애들이 하는 것인지 전화 소리를 들어보면 아주 다정하게 오빠! 오빠 하면서 전화가 요란하지요."

"그래 무슨 말을 하나 들어 보지 않았나요?"
"내용을 들어 보면 점심은 무엇을 먹었냐?
무엇이 맛있더라.
내가 다음에 만나면 꼭 사 줄게. 하는데 도통 이해할 수가 없지요." 하자

샛별이 어머니가
"가만히 있어 봐.
천호는 노래도 잘하고 춤도 잘 추며 글씨도 다 알지." 하며 신기하다는 표정을 짓자
"컴퓨터도 잘 다루는데요.

그리고 어떻게 알고 권투 도장에도 관장이 공짜로 다니며
운동을 하라고 했다며 다니잖아요."

"그 애는 외모만 다운증후군이지 하는 행동은 다운증후
군이 아니잖나.

그런데 어쩌면 우리 샛별이는 아무것도 못 할까?"

"샛별이는 글씨를 모르나요?"

"글씨는 그만두고 말도 대화가 되지 않고 앵무새 같이 따
라서만 하잖아.

학교는 전공 과정까지 다닌 녀석이 열까지도 세지 못하
는데.

그렇게나 차이가 나나.

천호 정도만 되어도 얼마나 좋을까?"

"좋으면 뭣해요. 말썽만 부리는데."

"무슨 말썽?"

"2년 전의 일이지요.

이 녀석이 어디서 보았는지 하니가 서울 상암동에 있는
방송국의 쇼 프로에 나온다고 그곳을 찾아갔잖아요."

"아니 혼자 마포구에 있는 상암동까지?"하며 센터장이
신기하다는 듯 의문을 제기한다.

"여기에 오기 전에는 틈만 나면 집을 나가 애를 먹였지요.

그날은 토요일 날인데 저는 대형마트에 알바가 예약되어
있어 일을 나갔지요.

저녁때가 되어 일을 마치고 집에 들어와 보니 애가 보이지 않더라고요.

그래서 어디 오락실에 가서 놀고 있나 보다 생각하고 신경을 쓰지 않고 있는데 저녁 8시가 조금 넘어서 핸드폰이 울려 번호를 보니 서울 전화잖아요.

이상하다 생각하며 받아보니 글쎄 서울 마포구에 있는 상암 파출소라며 천호 어머니 되시냐고 물어봐.

그렇다고 하자, 천호가 방송국에 들어가려고 해서 못 들어가게 경비가 막았더니 난동을 부린다고 신고가 들어와 지금 이곳에 연행되어 왔으니 그리 알라잖아요."

"그래서 어떻게 되었습니까?"

"그러면서 천호 말에 집이 천안이라고 하는데 사실이냐고 물어,

그렇다고 했더니 지금 데리러 올 수 있냐고 해서, 안 된다고 하자 내일 날이 밝으면 내보내 줄 테니 걱정하지 말라고 안심시키잖아요.

그다음 날 오후 1시쯤 애가 집에 들어왔는데 옷이 흙 범벅이 되었고 얼굴은 어디에다 갈린 것인지 상처가 나 있으며 오른팔을 제대로 쓰지 못하는지 축 처진 모습으로 들어왔지요.

성질이 나 있다가 그 모습을 보니 나도 모르게 눈물이 나지 뭐예요."

"얼마나 가슴 아팠을까?"

6. 멀어지는 인간관계

"그런 일이 종종 있나요?"

"전에도 집에서 나가는 일은 종종 있었지요.

천안이나 인근에 있는 아산시나 평택시에 하니라는 가수
가 온다고 하면 몇 날 전부터 구경하러 간다고 야단법석을
치다 못 가게 말리면 아무도 모르게 사라지곤 했지요.

그때마다 집은 난리가 났으나 이제는 그것도 지쳐 네가
알아서 하라는 식인데 서울까지 갈 줄은 누가 알았겠어요."

"천호는 똑똑하네요, 혼자 서울 마포구 상암동에 있는 방
송국까지 혼자 찾아갈 정도니?"

"차라리 바보이면 더 바보가 되든지 아니면 좀 더 똑똑하
게 태어나든지 답이 없네요."

"듣고 보니 그도 그렇네요.

방송국에 어떻게 알고 무엇을 타고 찾아갔을까?"

"글씨를 알고 컴퓨터도 하니 전철 타고 방송국을 찾아가
는 것은 어렵지 않겠지요."

"돈을 자주 주나요?"

"간혹 나나 저희 형이 주지요."

"그래 방송국에 가서 어떻게 했다는 이야기는 안 해요?"

"왜요.

큰 관공서에는 어디나 경비가 있잖아요.

천호가 방송국으로 들어가려는데 경비가 어떻게 왔냐고

묻더래요.

그래서 하니가 나오는 프로그램을 구경하러 왔다고 하니까 초대권을 보자고 하더라나요.

그래서 초대권이 없다고 하자 못 들어간다고 해서 강제로 들어가겠다고 고집을 부리자 경비가 두 사람이 달라붙어 못 가게 막자 뿌리치며 소리를 지르니까 아이의 오른팔을 붙잡아 비틀면서 땅바닥에 누이고 한 사람이 구두를 신은 발로 목을 밟더라 잖아요."

"구둣발로 목을?" 하며 봉우 어머니가 안쓰러운 표정을 짓는다.

"천호가 키는 작아도 몸집이 통통하고 텁수룩하며 얼굴이 일반인과 다르게 좀 험하게 보이잖아요.

그런데다 식식거리며 욕을 하면서 소리를 지르니까 그 사람들도 무서웠던 모양이야요.

그러면서 실랑이를 하고 있는데 조금 있다가 경찰 두 명이 오더니, 수갑을 채워 지구대로 데리고 가서 조사를 받고 구치소에 들어가라고 해서 거기서 잤다나 봐요."

"밥이나 먹여 줬을까?"

"밥은 저녁은 국밥을 주고 아침에는 백반을 줘서 먹었고 아침을 먹자 얼마 있다 내보내 줘서 전철을 타고 왔다고 하잖아요.

그러면서 다시 방송국에 찾아가 자기 팔을 비틀고 목을 밟은 경비를 죽여버리겠다면서 몇 날이나 식식댔지요."

"참 그 녀석 대단하네."라고 이사장이 말하자

샛별이 어머니는

"같은 다운증후군인데 어쩌면 우리 아이와 그렇게도 다를까?"

"샛별이는 온순하잖아요?"

"그 녀석도 한때는 제 마음이 들지 않으면 방에 있는 TV와 책상을 몇 때리고 하더니 나이를 먹어가면서 그런 행동은 없어졌지.

그런데 우리 샛별이는 집도 못 찾아오며 누구 한 사람이 꼭 같이 있어야 하는데."

"귀한 늦둥이라 너무 부모님이 감싸줘서 그런 것 아냐?" 하고 이사장이 한마디 한다.

"혹시 그럴는지도 모르겠네.

얼마나 귀여워했겠어요." 하며

센터장은

"봉우 어머니가 애를 태웠던 이야기 좀 해 보시죠." 한다.

"봉우는 크게 문제를 일으킨 일은 없었죠.

덩치와 외모는 멀쑥한 사람이 머리가 모자라니 누가 자기를 놀리는데도 알지를 못하지요.

그러다 보니 그 애가 일반 학교에 다닐 때는 학교나 마을 놀이터에 나가서 조그만 어린애들의 놀림감이 되었고 또 얻어맞고 울면서 들어올 때마다 얼마나 속이 상했는지 모른다오.

한때는 하도 속이 상하니까 차라리 죽기라도 했으면 하는 생각이 들 때가 있더라고요."

"봉우는 책을 좋아하나 책을 늘 옆에 끼고 다니던데?"
"그래요.
어디를 가려면 꼭 책 먼저 챙겨서 들고나가지요."
"언 듯 봐서는 대학생이나 학교 선생님같이 보이던데. 글
씨는 다 아나요?"
"글씨는 다 읽을 줄 아는데 그 뜻을 모르니 읽으나 마나
지요.
책 이야기가 나오니까 여행 가서 책 때문에 애를 먹인 기
억이 떠오르네요."
"아~
4년 전에 태국으로 해외여행 갔을 때 이야기구먼." 하면
서 이사장이 아는 체한다.

그러자 샛별이 어머니도
"그려,
그때 방콕의 어느 백화점에서 한바탕 소동이 벌어졌지."
하자 그 내용을 모르는 어머니들이 무슨 말인지 궁금해한다.
"아니 우리 아이들을 데리고 해외여행까지 다녀왔어요?"
"응 그때 센터장이 전도사 부인인데 성격이 활달하며 상
당히 진취적인 생각을 가지고 있었지."
"그런데 왜 그만두었나요?"

"그만둔 것이 아니라 남편과 같이 아프리카로 포교 활동 겸 봉사활동을 한다고 떠났지."

"떠나고 난지 근 2년 동안은 전화가 종종 오더니, 이제는 소식이 없네."

"그런 분이 다 있었어요.

그런데 그때 어떤 일이 있었나요?"

들어온 지 얼마 안 되는 하늘이와 윤정이 어머니는 호기심이 나는지 이야기를 재촉한다.

그러자 봉우 어머니는

"그때 우리 일행이 22명이었지요."

"그렇게 되었을 거야.

복지원에서 이사장까지 4명과 시설 이용자가 8명이 참석했으니까 어머니들까지 합하면 22명이었지."

"태국은 무척 덥잖아요.

그리고 그곳은 여름에 우기라고 해서 하루에 한 번씩 낮에 비가 오더라고요.

오전에 태국에서 제일 신성시 하는 에메랄드 불상이 안치된 왓 프라깨우와 국왕이 살던 방콕 왕국을 구경하고 더위도 좀 식히고 피로도 풀자고 시원한 백화점에 들어가 시간을 보내고 있었지요.

그런데 우리가 쉬고 있는 곳에 20대로 보이는 대학생인지는 모르지만, 현지 사람이 탁자에 책을 두 권 올려놓고 책을 보고 있었지요.

그것을 본 봉우가 갑자기 탁자에 있는 책을 집어 들었나
봐요.

그러니까 그 남자는 봉우가 도둑이나 되는 줄 알고 손을
'탁'치며 책을 뺏으려 하자 덩치도 크고 외모도 멀쑥한 녀석
이 책을 안 주겠다고 가슴에 껴안으며 맨바닥에 주저앉아
'내 것이야.

내 것이야' 하면서 큰 소리로 울어댔지요.

그러자 주변에 있던 사람들이 다 쳐다보니 얼마나 창피
해요.

책 주인도 당황하여 어찌할 줄 모르더라고요.

나는 깜짝 놀라 아이에게 책을 뺏으려고 하자 녀석이 더
욱더 세게 껴안고 있어 잘못하면 책이 찢어질 것 같아 당황
하면서 책을 사준다고 달래고 있었지요.

그때 눈치 빠른 현지 가이드가 책 주인에게 장애인이라
그렇다고 설명해 주고 책을 곧 돌려줄 테니 걱정하지 말라고
안심시킨 다음 백화점 점원에게 책을 한 권 구해달라고 부탁
하자 백화점에 손님들이 쇼핑하다 쉬면서 볼 수 있는 잡지를
한 권 구해다 줘서 가까스로 아이를 달랬잖아요.

그때 당황한 것을 생각하면 지금도 가슴이 울렁거리네
요."

"그려, 그때 모두 당황했지."

"책을 그렇게 좋아해요?"

"늘 외출할 때는 책을 끼고 다니는데 그때 더위에 시달리

다 보니 관광버스에다 깜박 책을 놓고 내렸지 뭡니까?" 하며 어이없어하며 모두 다 껄껄껄 헛웃음을 친다.

이렇게 여행 이야기를 하다 보니 그때 해외여행을 다녀온 이사장과 샛별이와 봉우 어머니가 여행에서의 어려웠던 이야기를 주고받다 보니 자리가 어수선해졌다.

한참 떠들던 이사장이
"가만히 있어 봐 시간이 어떻게 되었나 배가 출출한대."
"열두 시가 넘었네요."
"아니 벌써 그렇게 되었어요." 하며 시간 가는 줄 모르고 신세타령을 한 모양이다.
이사장이
"뭣 좀 먹고 이야기합시다.
우리 밤참으로 라면을 끓여 맥주나 한 잔씩 하면 어떨지?"
"이 밤중에 맥주와 라면을 어디서 구해요?"
"맥주는 냉장고에 캔맥주가 몇 통 있고 라면은 주방에 있을 거야.
내가 끓이지 뭐." 하자
센터장이
"제가 끓여 올 테니까 라면만 찾아 주시지요."
"저도 같이하지요." 하면서 젊은 천호 어머니가 나선다.

이렇게 해서 라면을 안주로 삼아 맥주와 음료수를 한 잔씩 마시면서 서로 권하다 보니 한동안 자리가 왁자지껄하니 소란스러워졌다.

그동안 누구에게도 말을 못 하고 끙끙 앓으면서 참고 살아온 이야기를 똑같은 처지에 있는 사람들끼리 이야기를 나누다 보니 응어리진 가슴이 조금씩 풀려났나 서로 마시라고 맥주와 음료수를 권하며 라면을 한 그릇씩 맛있게 먹고 자리를 정돈한 다음 환기를 시키려 창문을 활짝 열어놓고 밖으로 나갔다.

2부. 세월이 흐르니 마음속에 서광이

2022년 1월 1일. 아산만 일출

세월이 흐르다 보니 아이가 어렸을 때 부모로서 자식에 대한 욕망의 갈등이 봄이 되면 겨울에 쌓여있던 눈이 언제 녹는지 모르게 사르르 녹아내리듯 마음속에서 사라져 새로운 마음의 행복을 찾아본다.

6. 멀어지는 인간관계

7. 재편성된 가정

어머니 마음 같은 백목련 모습

긴긴 겨울 몰아치는 차가운 북풍을 이겨내고 이른 봄 화려한 자태를 뽐내는 백목련같이 정신발달 장애 아이로 인한 사회와 가족 간의 갈등 속에서도 조금도 굴함이 없이 꿋꿋하게 살아가는 아름다운 자태의 어머니 마음

밖으로 나오니 청송원의 넓은 운동장에 4월의 훈훈한 봄바람이 제법 세차게 불어와 술기운에 화끈거리는 얼굴을 시원하게 감싸준다.

하늘에는 보름달이 구름에 갇혀 형성된 달무리가 부연하게 달을 중심으로 원을 그리고 있고 별들은 구름 속에 숨었다 보였다 숨바꼭질하는데 중천에 샛별 하나가 유난히도 밝게 빛나고 있다.

그것을 바라보고 있던 샛별이 어머니가

"내 아들 이름을 저 별빛과 같이 빛나라고 샛별이라고 저희 아버지가 지어 주었는데~" 하고 세상을 체념한 듯 넋두리를 하자.

옆에서 듣고 있던 하늘이 어머니도

"우리 하늘이도 하늘같이 높고 넓은 마음으로 살라고 지어 준 이름인데~" 하며 젊어서 그런지 아직도 가슴에 한이 가득 맺힌 목소리가 울려 나온다.

그러자

"글쎄 말이요,

얼마나 귀엽고 귀한 아들이었겠어요?" 하며 옆에 있던 꽃님이 어머니가 장단을 맞춘다.

모두 훈훈한 봄바람을 들이쉬며 정원에 심어 있는 나무들의 가지에 푸릇푸릇 솟아오르는 어린 실록을 바라보고 있

7. 재편성된 가정

는데 청승맞게 짝 잃은 소쩍새인지 아니면 엄마 품이 그리워 잠을 이루지 못해서 우는 것인지

혼자서

'서쪽~'

'서쪽~' 하는 소리가 뒷산 숲속 먼 곳에서 아련하게 들려온다.

"자 ~

이제 바람을 쐬었으면 들어갑시다."라고 이사장이 들어가기를 재촉하자 모두 다시 사무실로 들어와 정돈된 자리에 자리를 잡는다.

자리가 정돈되자 센터장이

"지금까지 아이들로 인한 가슴앓이를 이야기했는데 앞으로는 살아온 이야기나 사는 모습들을 이야기하면 어떨까요.

혹시 서로 도울 일이 있으면 도와주고 저희 주간 보호센터에서도 참고할 수 있는 일이 있으면 참고할 수 있게~." 하자

모두 다 좋다고 고개를 끄덕인다.

"그럼 아까는 나이가 많으신 분부터 이야기했는데 이번에는 반대로 나이가 적은 분부터 말씀해 보실까요?" 하자 젊은 어머니들이 서로 얼굴을 바라보다 천호 어머니가

"제가 제일 어린 모양이네요." 하며 나선다.

"오늘 오랜만에 어른들 계신 곳에서 제 신세타령이나 한 번 마음껏 해 보아야겠네요." 하자

"그려 마음껏 언니들 앞에서 풀어 놔 봐." 하며 이사장이 거들어 준다.

"저는 시골의 농부 집에서 태어났지요.

그러다 보니 귀여움도 받지 못하고 학교도 고작 중학교뿐이 다니지 못했지요.

그런데 얼굴이 예쁘장해서 그랬는지 중학교 때부터 옆 마을에 사는 총각과 연애를 했지 뭐여요.

그 사람이 바로 천호 아빠인데 저보다 3살이나 더 많았지요.

그 사람도 중학교만 나와 집에서 양계장을 한다는데 멋도부리고 제법 큰 오토바이도 타고 다니면서 돈을 쓰고 다니는데 어린 제 마음이 홀랑 넘어간 모양이에요.

그러다 보니 결혼도 하기 전인 18살에 큰아이를 가지게되었지요.

이렇게 되자 양가 부모들은 마을 사람들한테 남사스럽다고 난리를 피워 고향에서 살지 못하고 이곳으로 피신 나와 결혼식도 올리지 못하고 살림을 시작했지요.

아이 아빠가 운전을 할 줄 알아 택시 회사에 들어가 택시기사를 하면서 조그마한 아파트에 전세로 살면서 나름대로행복을 찾아가며 열심히 살았지요.

그러다 둘째 아이를 낳고 처음에는 아들만 둘이나 낳다고 꽤나 좋아했는데 아이가 커 가면서 다른 아이들과 다르다는 것을 조금씩 느끼게 되었답니다.

그러다 보니 우리 부부는 어딘지 모르게 마음에 갈등이 조금씩 나타나기 시작했지요.

그런데 아까도 이야기했지만, 이 아이가 사랑학교에 다니면서 그곳에 다니는 다른 아이들보다는 양호했던지 학교 축제나 각종 경연대회에서 자주 상을 받아오게 되니까 학교에서 다른 학생들보다 선생님으로부터 귀여움을 많이 받게 된 모양이에요.

그러다 보니 이 녀석이 제가 세상에서 제일 잘 난 줄 알고 건방을 떨기 시작했지요." 하자 샛별이 어머니가

"가만히 있어 봐.

천호는 IQ가 얼마나 되는지 알아?" 하고 묻는다.

"그 애가 중등부 다닐 때 검사 결과가 70 정도로 기억되는데 확실히는 모르겠네요."

"그래서 그 애가 춤이나 노래를 그리 잘했구나. 그 정도면 일반 학교에 갔어도 충분했을 것 같은데?"

"부모가 못 배워서 이웃 사람들 말만 듣고 특수학교인 사랑학교로 보낸 것이지요.

아마 샛별이네 가정 같은 곳에서 천호가 태어났으면 지금과는 많이 달려졌겠지요." 하며 못 배운 자기를 원망한다.

"그런 것은 아니고. 어서 이야기나 해 봐."

"그리고 이 아이가 학교에 가면서 저도 가정의 살림을 보태려고 일자리를 찾아 시내에 있는 커다란 마트에 나가 일을 하기 시작했지요.

그러다 보니 이 아이를 제대로 관리할 수가 없어 기숙사에 보냈답니다.

우리 집은 생활보장 대상자라 아이를 기숙사에 보내는 데는 아무런 문제가 없었지요.

그런데 어느 날부터인가 아이 아버지가 변하기 시작하잖아요.

어쩌다 술을 한 잔 마시고 들어오면 종종 술주정을 부리기 시작했지요.

그러는 사이 큰아들은 공업고등학교에서 기계과를 나와 대학을 가지 않고 인근에 있는 조그마한 공장에 들어가더니 그 회사의 경리를 보는 아가씨와 눈이 맞았던 모양이에요.

군대에서 제대하고 와서 다시 그 공장에 들어갔는데 그 아가씨와 결혼하여 저희 나름대로 열심히 살아 조그만 아파트도 한 채 장만해서 살고 있지요.

그러는 사이 천호도 사랑학교를 졸업하고 인근에 있는 시에 새로 생긴 특수학교에서 전문과정을 마치고 집으로 들어왔지요." 하자

윤정이 어머니가

"아니 천호는 왜 사랑학교의 전문과정으로 진학하지 않고 전문과정을 다른 학교로 간 특별한 이유라도 있나요?" 한다.

그러자 천호 어머니는

"예. 새로 생긴 특수학교의 교장 선생님이 천호가 중등부에 다닐 때 담임을 했던 분인데 새로 생긴 특수학교 초대 교장으로 가자 우리 천호를 자기네 학교로 데리고 간 것이지요." 하자

윤정이 어머니는 신기하다는 듯

"그래요?

그럼 천호는 그 학교에 스카우트되어 전문과정에 들어간 것이네요?" 한다.

"모르겠어요. 스카우트되어서 간 것인지 모르지만 학교를 졸업하면서 학교장의 추천으로 장애인들의 일터를 소개받아 취업이 되어서 한시름 놓았는가 싶었는데 직장에 적응하지 못하고 두 달도 못 되어 쫓겨나고 말잖아요."

"왜, 무슨 일을 저질렀는가?"

"아이가 학교에서 선생님들이 시키는 일을 잘한다고 칭찬하니까 제가 제일인 줄 알고 우쭐거리는 버릇이 나타났나 봐요.

거기다 집에서조차 불쌍하다고 오냐오냐하며 키우면서 한 번도 제대로 혼낸다든지 일을 시켜 본 적이 없는데 직장에 가서 보니까 온종일 앉아서 일하라고 하니 불만이었던 모양이지요.

그리고 저와 같이 일하는 친구들이 가소롭게 보였나 하라는 일은 하지 않고 옆에 있는 친구들을 괴롭히며 툭하면 욕이나 하고 말도 없이 도망간다고 쫓겨나고 말았지요.

그런가 하면 저보다 나이가 어린 같은 마을에 사는 불량배 아이들과 어울려 다니면서 그들이

'천호 형

천호 형' 하며 형이라고 부르니까 제가 대장이나 된 줄 알고 그 애들을 데리고 다니면서 빵도 사주고 자장면도 사주면서 게임방이나 노래방을 다니기 시작한 모양이야요."

"반거충[11]이란 말을 이런 때 쓰는 말인 모양이지요." 하며 봉우 어머니가 어이없다는 듯 한마디 거든다.

"그러면서 어떻게 알게 되었나 매일 여자아이들과 전화나 카톡을 주고받는다든지

아니면 PC방이나 노래방에 가서 놀다 보니 돈이 필요했나 어느 날부터 저희 아빠의 지갑이나 내 가방에 손을 대는 버릇이 나타났지요.

---

11. 배우던 것을 중도에 그만두어 다 이루지 못한 사람.

그래서 그런지 아이 아빠가 술주정하는 횟수가 점점 늘어나더니 집에 들어오지 않는 날이 점점 많아지잖아요.

그래도 장애 아이를 낳은 죄로 참고 살았는데 생활비도 잘 주지 않고 이런 아이가 우리 집에 태어난 것은 친정 탓이라고 술만 마시고 오면 술주정을 부렸지요.

그뿐만이 아니라 술을 먹고 오는 날은 어디에서 무엇을 하다 오나 옷에서 여자 화장품 냄새가 풍기는 것이 다른 여자와 사귀고 있었는지도 모른다는 생각이 들었지요."

"참 남자들은 알 수가 없어?
아이를 혼자 낳나 아이들의 문제는 모두 여자 탓으로만 돌리려고 한다니까?"
"글쎄 말이요."라며 서로 한마디씩 거든다.

그러자 하늘이 어머니가
"우리 집과 똑같네요." 하자

"배운 사람도 그래요.
저는 우리 천호 아버지가 못 배워서 그러는 줄 알았는데?"
"배우고 못 배워서가 아니라 그 사람의 인격에 따라서 차이가 나는 것이지." 하며 이사장이 혀를 차며 한마디 한다.

"친정 부모를 욕하자 저도 더는 참지 못하고 이혼을 결심

하고 헤어지자고 했지요.

　그래서 결국 헤어져 저는 우리 천호와 같이 살고 있는데 우연히 운영위원장님이신 샛별이 어머니가 이곳을 소개해 줘서 천호는 이곳에 다니고 저는 낮에 마트에 나가 일을 하면서 살고 있답니다.

　내일은 마침 쉬는 날이라 천호는 저희 형이 데리고 가서 이 자리에 참석했네요.

　그러나

　앞으로 어떤 일이 벌어질지 예측할 수 없는 게 천호의 행동이라 늘 불안 속에 살고 있지요." 하자

　윤정이 어머니가

　"그럼 아이 아버지가 생활비라도 보태주나요?"

　"아니요.

　그 인간은 빈털터리로 옆에 오지도 못하게 하지요."

　"그럼 생활이 어렵겠는데?"

　"기초수급대상자로 동사무소로부터 지원 좀 받고 제가 버는 돈과 천호의 장애인 연금으로 그럭저럭 생활을 꾸려나가고 있지요." 하며 얼굴에 슬픈 표정이 영역이 나타난다.

　그러자 센터장이

　"천호가 형은 좋아하나요?"

　"형을 무척 좋아하고 자랑스러워하지요.

그리고 제 조카를 '예수'라고 부르며 귀여워하는데 며느리는 그것을 못마땅하게 여기는 것 같아 요즘은 가능한 저희 형네 집에 가는 것도 못 가게 하고 있지요." 하자

센터장이
"천호 어머니 이야기를 듣고 보니
주간 보호센터에서 천호에게 더 각별히 신경을 써야겠다는 생각이 드네요.
잘 들었습니다.
다음은 하늘이 어머니가 이야기해 보시죠?" 하자

하늘이 어머니가
"그래요.
신세타령 한번 해 보지요." 하며 나선다.
"아까 잠깐 말씀드렸지만, 우리 부부는 대학 시절 커플로 만난 사이였답니다.
그 사람을 알게 된 것은 고등학교 3학년 졸업 무렵이었지요.
대학 수능이 발표되고 입학 원서를 한창 쓰는 겨울 방학 직전이었습니다.
그때 여자고등학교 3학년 학생들에게 같은 시내에 있는 남자 고등학교 3학년과 반 미팅을 하는 것이 유행이었지요.
저는 그때 마산에 있는 여고를 다녔는데 우리 3학년 3반이 인근에 있는 남자 고등학교 3학년 3반과 반 미팅을 하기

로 해서 제 번호와 같은 학생과 짝이 된 것이 인연이 되었지요."

그러자 이사장이
"고등학교에서 그런 일도 있었어?" 하자,

샛별이 어머니가
"기억나네요.

아마 1980년대 초반으로 기억되는데 샛별이 아버지가 강원도에 있는 어느 여자고등학교에서 근무할 때 방학 직전 자기네 반과 인근에 있는 남자 고등학교와 반 미팅을 한다는 소문을 듣고 그날이 일요일인데도 자기 반 학생을 모두 학교로 나오라고 해서 눈이 펑펑 쏟아지는 험한 날씨인데도 설악산으로 등산을 데리고 가 오전 내 눈 속을 쏘다니고 와서 막은 줄 알았더니 뒤에 알고 보니 약속 시각이 오후라 막지 못했다고 투덜대던 기억이 떠오르네요."

"그 양반도 그냥 내버려 두지 왜 막으려고 했을까?"
"그때는 지금과 달라 고등학교에서 남학생과 여학생이 만난다는 소문만 들려오면 연애한다고 엄히 처벌할 때라 혹시 자기 반 학생들이 징계를 받아 대학에 진학하는데 불이익을 받을까 봐 전전긍긍한 것으로 기억되는데?"

"맞아요.

그때 대부분 학교에서 연애하는 학생을 엄하게 처벌했으니까요.

그런데 샛별이 어머님은 어떻게 그걸 지금까지 기억하고 계세요?"

"그때 샛별이 아버지가 고민깨나 했지.

그 반에 학교에서 내놓으라고 하는 학도호국단장이면서 총학생회 회장인 학생이 있고 또 반장이 대대장을 맡고 있었대요.

그런데 이 학생들이 반 미팅을 주선한 학생이었는데,

만약 학교에서 징계를 받으면 대학에 진학하는데 감점이 있었나 봐요.

그러다 보니 담임으로서 신경깨나 쓰다 보니까 나까지 알게 되었지요.

아마 그때 잘 해결되어서 한 학생은 고려대학교로 진학하고 다른 학생은 이화여자대학교에 진학한 것으로 기억이 있는데?"

"참 대단하시네요.

그런 걸 이렇게 다 기억하시니?"

"그 학생들이 대학에 합격하고 우리 집에 놀러 왔는데 얼굴도 참하게 생겨, 내 딸도 저렇게 커 주었으면 하는 생각을 가졌기 때문에 기억하지요."

"사람 인연이 무엇인지 반 미팅에서 만난 학생을 대학에서 또다시 만나게 되었지요.

그 사람은 영문학과를 다니고 저는 국문학과를 다니다 보니까 같은 단과 대학이라 자주 부딪치게 되었잖아요.

그리고 그 사람이 키도 크고 늘 쇼니, 트랜지스터를 들고 다니며 음악을 듣고 다니는 모습이 퍽 멋져 보였지요.

그것이 제 운명을 이렇게 붙잡아 맬 줄 누가 알았겠어요.

사귀고 보니까 집도 마산에서 그럴듯한 어선을 가지고 있는 선주 아들로 먹고살 만한 집 아들이었답니다.

학교를 졸업하고 그 사람은 군대에 가고 나는 창원에 있는 사립 중학교에서 교사 생활을 했었지요." 하자

윤정이 어머니가 부러운 듯
"어머, 중학교 선생님이었어요.

무슨 과목 선생님이었나요?"

"예, 국어를 가르쳤지요."

"아니 왜 그 좋은 직업을 그만두었을까?" 하며 모두 아쉬워한다.

그러자 하늘이 어머니는 목맨 소리로
"아마 그것이 제 운명이었던 모양이야요.

사방에서 중매가 들어오는데도 그 사람과 살라는 운명인가 모두 다 거절하고 그가 제대하자마자 결혼했지요.

결혼하자 제가 다니는 학교에서 은근히 학교를 그만두었
으면 하는 눈치가 보이더라고요." 하자

이사장이
"그려. 그 시절에 사립학교에서는 처녀 선생님이 결혼하
면 그만두도록 압력을 넣었지."
"아니, 왜 그만두도록 강요했을까요?"
"그때는 지금같이 인권이 살아있는 사회가 아니고 사회
적 권력이나 가진 자들이 횡포를 부리던 시절이잖아.
　그리고 사립학교 선생님이 되려면 실력도 실력이지만 그
만한 사회적 배경이 있어야 들어갔지.
　그리고 학교에 따라서는 여자 선생님을 채용할 때 결혼하
면 그만두는 조건을 붙이기도 했는데?"라고 아는 체를 한다.

"학교를 그만두고 이곳으로 와서 남편이 그 사람의 고모
부 회사에 들어가 해외 담당 세일즈맨으로 미국과 유럽을 담
당하면서 짧은 기간이지만 남부럽지 않게 살았죠." 하자 천
호 어머니가 부러운 눈빛으로
"그러니까 부잣집의 아들과 딸이 만났네요?" 한다.

"부잣집이라기보다는 먹고살 만한 집안이었지요.
　결혼 초에는 제가 몸이 약해서 그런지 아이가 쉽게 생기
지 않더라고요.
　그러다 4년 차 되던 해에 첫아이를 낳는데 그것도 제왕절

개로 하늘이를 낳잖아요.

이렇게 귀하게 얻은 아들이 하늘이인데 주산 기[12]가 잘못된 것인지 뇌 발달 장애로 난치성인 자폐를 앓는 아이였지요.

어렵게 낳은 아들이라 무척 귀여워했는데 아이가 장애라니? 하는 생각에 한동안 반미치광이처럼 변했으며 우울증[13]에 빠져 한동안 사람 만나는 것도 피하고 사는 사람이 되었지요.

그러다 보니 아이를 낳는다는 것에 공포증이 걸려 더 낳는다는 생각은 아예 하지 못했죠.

그러자 아이 아빠도 놀라서 그랬는지 아까 말한 대로 정관 수술을 해 버렸으며 우리 부부는 이 아이에게만 매달려 살았지요.

그리고 아이를 데리고 전국 방방곡곡 유명하다는 의사는 다 많나 봤지만, 아이의 병은 호전되는 것이 아니라 커갈수록 키우기가 점점 더 어려워만졌지요."

"그려,
더구나 있는 집이고 배운 사람들이니 얼마나 더 애를 태웠을까?" 하며 봉우 어머니가 안쓰럽다는 듯 장단을 맞춘다.

---

12. 출산 전후의 기간. 임신 29주에서 출산 후 1주까지의 기간으로 산모와 신생아에게 있어 생리적·병리적으로 특히 중요한 시기임
13. 기분이 언짢아 명랑하지 아니한 심리 상태. 흔히 고민, 무능, 비관, 염세, 허무 관념 따위에 사로잡힌다.

"객지에서 아는 사람도 없는 데다 아이 아빠는 1년이면 두세 번씩 해외로 장기 출장을 나가니 혼자 아이와 씨름 하는 것이 안쓰러워 보였으나 아이가 어릴 때는 친정에서 여동생이 와서 같이 살았지요.

그러다 여동생을 남편이 자기 회사직원에게 소개하여 이곳에서 이웃하며 외로움을 달래며 살고 있는데 아이의 병은 조금도 호전되지 않았답니다.

아이가 학교에 다닐 때는 늘 불안에 떨면서 언제 무슨 일이 일어날지 몰라 전전긍긍하며 사는 모습이 안쓰러웠던지 시댁에서 아이를 시설로 보내면 어떻겠냐고 해서 혹시 마음이 편해질런가? 하는 생각에 보냈다가 몇 날 못 버티고 데려왔잖아요." 하며 눈가가 붉어진다.

"이 아이는 먹는 것만 보면 무조건 가져다 먹으니까 음식물을 눈에 보이는 곳에 둘 수가 없고 감춰 놓아야 하지요.

그러다 보니까 우리가 사는 아파트는 주방을 거실과 따로 분리하기 위하여 칸막이해서 문을 잠가놓고 하늘이가 주방에 들어가지 못하게 해 놓고 살고 있지요.

아까도 말했지만, 외출하다 보면 수없이 많은 가게를 만나잖아요.

우리 집은 아이와 같이 가게 옆을 지나갈 수가 없답니다.

아이가 가게만 보면 무조건 뛰어 들어가 먹을 것을 한 아름 챙겨야 나오니까요.

만약 그것을 막으면 맨바닥에 뒹굴며 큰 소리로 울어대니까 남들 창피해서 막을 수도 없지요." 하자

윤정이 어머니가
"그럼 사주지 돈이 문제는 아닐 것 같은데?" 하자

돈이 문제가 아니라 이렇게 사서 가지고 온 과자나 과일을 두고두고 나눠 먹는 것이 아니고 제 자리에서 다 먹어 치워야 끝이 나잖아요.
그러다 보니 먹고 나서는 배가 아프다고 뒹굴면서 난리를 치지요.
그때마다 우리 집은 한바탕 소동이 벌어지고 부부 싸움이 나타났답니다.
그런 일이 나타나면 아이 아빠는 나 보고 아이를 어떻게 보고 있기에 그 지경까지 만들었냐고 호통을 치지요." 하자

꽃님이 어머니가
"그것참 웬수[14] 네." 한다.
"이런 일이 나타나자 그동안 사이가 좋았던 부부간의 사랑과 정도 점점 식어가고 고민과 갈등이 하나둘 생기기 시작했지요.
아이 아빠는 멋은 부릴 줄 알았어도 착하고 온순하며 술도 별로 하지 않았는데 술 마시는 날이 점점 많아지더라고

---

14. 원수라는 말의 방언(경기, 경상, 전라지방)

요.

처음에는 그의 말대로 회사에서 회식이 있어 마시고 오는 줄 알았는데 알고 보니 회사 일로만이 아니라 자기가 집에 들어오기가 싫어 밑에 있는 직원들을 데리고 술을 먹고 온다는 것을 알게 되었지요.

처음에는 저도 이해하려고 무척이나 노력했지만 사람 일이 그리 마음대로 되나요.

그러다 보니 부부간의 다툼이 점점 많아져만 갔지요." 하자

이사장이

"그런 때 아이라도 하나 더 있었으면 좋았을 텐데."

"글쎄 말이야."

"다른 정상적인 아이가 있었으면 그 아이를 보면서 가슴앓이를 조금이라도 잊을 수 있었을 텐데." 하며 다들 안쓰러워한다.

"이렇게 금이 가기 시작한 결혼 생활은 세월이 흐르면서 자연히 마음도 멀어지기 시작했답니다.

그러는 사이 시댁이나 친정에도 잘 가지 않았으며, 부모가 다 돌아가시자 아주 멀어지고 있는데 어느 날 아이 아빠가 술을 잔뜩 취하고 와서 하는 말이

'여보,

나 해외로 나가 파견근무 하려고 하는데 어떻게 생각해?'

하잖아요.

나는 설마 하면서 술에 취해서 해 보는 소리겠지 생각하고

'마음대로 하세요.'라고 쏘아붙이니

'승낙한 거야? 하면서 자잖아요.

그런데 그게 사실이었던 모양이야요.

다음 날 퇴근하고 오더니 이번 인사에 자기가 사외이사[15]로 선임되었으며 말레이시아 쿠알라룸푸르 공장의 총책임자로 발령이 났다며 다음 주에 갈 수 있게 준비를 하라잖아요.

그 말을 듣자 하루아침에 날벼락을 맞은 기분이었습니다.

모르긴 하지만 자기 고모부 회사인데 아무도 모르게 갑자기 해외로 발령 낼 일은 없을 것 같고 아마 나 모르게 부탁을 한 모양이지요.

그리고 내 앞에서는 안 그런 척했지만 장애 아이를 키우고 있는 것이 못마땅했던 모양이에요.

그래서 말레이시아로 떠난 지가 15년이란 세월이 흘렀는데 지금까지 들어오지 않고 있지요."

"그럼 집에는 아주 오지 않는가요?"

"아니요

일 년에 설날과 추석 때 딱 두 번 들어오는데 그것도 한

---

15. 해당 분야의 전문가로서, 회사 밖에서 회사의 경영에 관여하는 것을 목적으로 선임된 이사.

7. 재편성된 가정

사나흘 있다가 다시 나가지요.

한 사나흘 있는 것도 본사 직원들이나 만나 술 속에 살다 가니 제대로 이야기 한 번 나눠 볼 시간도 없답니다.”

“남자들 속은 알다가도 모르겠어요.

어떻게 일 년에 한두 번 오는 집인데 자기 가족과는 오붓하게 자리 한 번 하지 않고 남들하고만 어울리다 갈 수 있는지?”

“그렇게 말이에요. 그럼 지금쯤 나이도 많을 것 같은데?”

“정년퇴직이 1년 남짓 남았는데 모르지요.

자기 고모네 회사니, 사외이사라는 직함을 걸고 계속 근무할지?”

그러자 모두 이상하다는 듯

“그럼 혹시 그곳에다 살림을 차린 것은 아닐까?

해외에 혼자 나가 있는 남자들은 그런 일이 많이 있다는데?”

“설마 그럴 리가 있겠어요. 그것도 사람 나름이지.”

“그럼 지금 둘이 사네?”

“생활비는 잘 부쳐 주고?” 하며 돌아가면서 한마디씩 던진다.

“생활비는 꼬박꼬박 잘 부쳐 주고 있습니다만 이렇게 되다 보니 이런 아이를 둔 것도 다 내 복이거니 생각하고 세상

모든 것을 포기하고 살고 있지요."

"둘이 살다 보면 너무 외롭지 않아요?"

"옆에 사는 동생이 자주 놀러 와 서로 자기 집 같이 들랑
거리며 살다 보니 이제는 습성이 되어서 그런지 외로움은 별
로 모르고 살고 있지요.

오늘도 동생이 하늘이를 데리고 가서 보살펴 주어 여기
에 참석했지요."

"하늘이가 이모는 잘 따르는가 봐요?"

"예, 저와 이모 말은 잘 듣고 띵 깡을 놓지 않지요." 하자
윤정이 어머니가

"참, 하늘이가 학교에 다닐 때는 옆에 있는 아이를 이유도
없이 연필로 찍고 때린다고 한 것 같았었는데?"

"그 버릇 때문에 다른 아이들과 어울리지도 못했지요.

학교에 다닐 때는 그 일로 제가 수시로 학교에 불려 다
녔잖아요.

그리고 학교를 졸업하고 나서 주간 보호센터에 다니면서
도 말썽을 부려 쫓겨나다 보니 돌고 돌아 이곳에 제일 늦게
들어왔지요.

하늘이에게 아침마다 감정 조절 약을 꼭 먹이고 있지만
언제 무슨 일이 일어날지 알 수 없어 매일 가슴을 졸이며 살
고 있답니다." 하자

센터장이

"하늘 씨가 그런 습성이 있다고 해서 우리 주간 보호센터에서는 남자 선생님 한 분이 특별히 보살피고 있으며 기분이 상하지 않도록 각별히 신경을 쓰고 있는데." 하자

"센터장님 특별히 신경 써 주셔서 감사합니다."

"감사는 무슨 말씀이세요.

그것이 우리 센터에서 하는 일인데."

"그나저나 앞으로 내가 더 늙으면 우리 집에 어떤 일이 벌어질지 전혀 알 수 없는 속에서 특별한 대책도 없이 하루하루를 보내며 살고 있지요." 하며 한숨을 내 쉰다.

그러자 샛별이 어머니가

"누구나 다 같은 마음이지.

너무 앞날은 생각하지 말고 현실에 적응하며 살다 보면 모든 것이 잘 풀려나가겠지.

지금까지도 잘 살아온 것 같이 앞으로도 잘 해결될 거라는 긍정적인 마음을 가지고 너무 걱정하지 말고 살아갑시다.

그럼 이번에는 윤정이네 이야기를 들어 봅시다."라고 하자

윤정이 어머니가 헛기침을 두어 번 하고 말을 꺼낸다.

"우리 윤정이는 머리가 조금 부족해서 그렇지 특별한 문제 행동은 없지요.

앞에서 이야기한 대로 경기가 간질로 변하여 뇌 발달에 영향을 주었나 모르지만 하는 행동이 덩치만 크고 순진하지요.

외모로 봐서는 키도 크고 멀쑥하게 생겼잖아요.

이 아이로 걱정한 것은 사랑학교 때 성폭력 문제로 요란할 때 혹시 우리 아이도 피해를 보지 않았나 고심했었으며 중등부에 다닐 때 혹시 무슨 일이 있을지 몰라 어려서 불임 수술을 미리 해 주었지요.

우리 집은 애 아빠가 중소기업에 다니며 윤정이가 3남매에서 둘째로 위에는 오빠가 있고 아래는 여동생이 있지요.

아들은 결혼 후 수원에서 회사에 다니고 있으며 수원에 살고 있답니다.

그러다 보니 집에는 아직 결혼하지 않은 막내딸과 네 식구가 살고 있습니다.

윤정이는 사랑학교를 전문과정까지 졸업하고 처음에는 여기 청송원에 있는 직업 재활 반에 들어갔었지요.

여기서 몇 달 일을 하고 있을 때 어느 날, 나 대신 남편이 윤정이를 데리러 왔다가 일하는 모습을 보았던 모양이에요.

나보고 윤정이가 봉급을 얼마나 받느냐고 물어 와 한 달에 20여만 원씩 받는다고 하니까 그이 하는 말이

'돈이 없으면 우리가 조금 더 아껴 쓰고 그 아이에게 일을 시키지 맙시다.'라고 하잖아요.

7. 재편성된 가정

그러면서 주간 보호센터에서는 무엇을 하느냐고 물어서 주간 보호센터의 프로그램을 설명해 주었더니 재활 반은 그만두고 우리가 살아 있는 동안은 주간 보호센터나 보내면 어떻겠냐고 묻잖아요.

그래서 내가 돈 때문에 보내는 것이 아니라 윤정이도 저혼자 무엇인가? 할 수 있다는 자력 심을 길러주기 위한 것이라고 말하자 덩치는 커다란 사람이 온종일 작고 딱딱한 나무 의자에 허리를 구부리고 온종일 앉아 있는 모습이 너무 불쌍하고 안쓰럽다며 일하는 것을 반대하여 주간 보호센터로 옮겼지요.

그리고 우리 집은 시내 인근에 조그마한 땅을 하나 장만하여 그곳에다 컨테이너를 하나 가져다 놓고, 주말만 되면 온 가족이 밭에 나가 심심풀이로 각종 채소나 옥수수 등 취미 생활로 농사를 지으면서 살고 있지요.

그러다 보니 지금 사는 데는 근심 걱정이 없는데 다만 걱정거리가 있다면 우리가 더 늙기 전에 '윤정이 저 혼자 자립해서 살 수 있는 여건을 마련해 줘야 하는데'라는 생각을 하면서도 아직 뾰족한 생각이 나지 않네요.

그러다 보니 마음을 달래려고 전 가족이 시간만 나면 교회에 나가 하나님께 열심히 기도하며 살고 있답니다.
그리고 올해 가을쯤 막내딸이 결혼할 것 같은데 그렇게

되면 앞으로는 세 식구가 살아야지요."

"윤정이네만 같아도 얼마나 좋아." 하며 천호 어머니가
부러워한다.

그러자
"우리 윤정이는 약만 시간을 잘 맞추어 먹으면 별로 걱
정은 없지요.
그러나 우리 부부가 죽고 나면 어떻게 될지? 생각만 해도
가슴이 답답하답니다."라며 이야기를 마친다.

8. 갈등 속에 더 단단해진 가족

2019. 12. 22. 해운대 달 맞이 공원 동백꽃

발달장애인 아이로 인한 가족 간의 갈등 속에 몸부림치다
보니 더욱더 단단한 사랑의 가족으로 변한 모습이 한겨울의
차가운 눈 속에서도 보란 듯이 자기 자태를 뽐내며 피어나는
동백꽃같이 아름다운 모습이려니

세 사람의 인생살이 이야기가 끝나고 나자 밤도 이슥해졌
고 시간이 꽤나 흘러간 모양이다.

낮 동안의 행사와 나이 탓인지 나이가 많은 이사장이 잠
이 오는지 졸음을 억지로 참고 있는 모습이 안쓰러워 보였
다.

그러자 앞쪽에 앉아있던 센터장이 그 모습을 보고

"이사장님이 피곤하신 모양인데 오늘은 여기까지만 이
야기를 들어볼까요?" 하고 재치 있게 분위기를 바꿔 준다.

그러자 이사장은 깜짝 놀라며, 시계를 보면서

"내가 좀 피곤했나 깜박했네.

그런데 시간이 벌써 새벽 3시가 지나가고 있잖아.

내 걱정은 하지 말고 이야기를 더 나누세요."

"우리도 이제 밤도 깊었으니 그만 돌아가지?" 하며 샛별
이 어머니가 돌아가자고 말하자,

하늘이 어머니가

"나이가 제일 많으신 샛별이 어머니 이야기 좀 더 듣고 싶
었는데." 하며 아쉬움을 표현하자,

이사장이

"그렇게 하셔,

나는 들어가 잘 테니까 모처럼 나온 이야기들이니 마저
이야기하고 가소." 하며 일어서자 다들 좋다고 한다.

이사장은 청송원 건물의 뒤쪽으로 50m쯤 떨어진 곳에 아

담하게 지어진 양옥집에서 살고 있었다.

　이사장이 나가자 봉우 어머니가 자기 순서인 줄 알고 컵에다 물 한 모금 따라 마시고 헛기침을 하며 이야기를 꺼낸다.

　"우리 집은 봉우와 그의 누나 그리고 봉우 아빠랑 4식구가 살지요.

　원래 고향은 청양인데 아이 아빠가 이곳에 와서 공장에 다니다 그동안 번 돈과 고향에서 부모님이 주신 시골 땅을 처분한 돈으로 초등학교 앞에서 조그만 문방구를 운영하며 살았지요." 하자,

　옆에 있던 천호 어머니가

　"초등학교 앞 문방구가 수입이 짭짤하다던데?"라며 부러워한다.

　"아이들 손때가 묻은 돈이지만 먹고살 만했지요."

　"그런데 왜 그만두었어?" 하고 봉우를 잘 아는 꽃님이 어머니가 묻는다.

　봉우와 꽃님이는 둘 다 일반 학교에 다니다 사랑학교로 전학해 와서 같이 졸업한 동창생으로 어머니들도 가까워 아이들이 졸업한 후에도 두 달에 한 번씩 만나는 사이였다.

　"봉우가 커가면서 자주 문방구에 나오니까 처음에는 아이들이 모르고 들랑거리다 봉우가 조금 모자라는 것을 알고 놀리더니 무슨 이유인지 어느 날부터 아이들이 우리 문방구

보다 조금 옆에 있는 문방구로 몰리잖아요.

그래서 봉우 때문에 그러는가 보다 생각하고 그 문방구를 처분하고 조그만 아파트로 이사를 했지요."

그러자 하늘이 어머니가

"너무 민감하게 반응한 것이 아닌가?" 하자

"글쎄요.

그럴지도 모르겠지만 사실은 아이가 집 앞에 있는 일반 학교에 적응하지 못하고 멀리 있는 특수학교로 전학시킨 것이 마음에 걸려 일반 학교를 피해 이사 갔는지도 모르겠어요.

여하튼 아이가 일반 학교에서 적응하지 못하고 특수학교로 전학한 다음 특수학교의 학교 버스가 지나가는 길목에 조그만 아파트를 사서 이사 갔지요.

그리고 아이 아빠도 다시 공단에 있는 작은 공장에 취직하여 다니고 있답니다.

지금은 딸도 커서 여자 상업고등학교를 졸업하고 개인 회사에서 경리로 들어가 직장 생활을 하고 있으며, 저는 저대로 장애인 활동보조사 자격증을 취득하여 일하다 보니 우리 집은 봉우만 빼놓고 모두 돈을 벌고 있지요.

그러다 보니 넉넉하지는 않지만 아쉽지 않을 만큼 살고 있습니다.

다만 얼굴만 멀쑥한 봉우가 앞으로 어떤 일이 벌어질지

늘 앞날을 걱정하면서도 특별한 방법이 떠오르지 않네요."

그러자 하늘이 어머니가
"봉우는 외모로 볼 때 키도 크고 멀쑥하게 생겼는데 장애인 보호 작업장 같은 곳에는 가보지 않았어?"
"그러면 얼마나 좋겠어요.
외모는 얼마나 멀쑥합니까.
그런데 속이 텅 비었으니,
그 아이는 한시도 가만히 자리에 앉아 있지 못하고 늘 서성거리며 사는 사람이랍니다.
학교에 다닐 때도 자리에 한 번도 제대로 앉아 있지 못하고 교실을 빙빙 돌아다닌다고 선생님에게 많이 혼도 났지만, 방법이 없지요."

"그래도 글씨도 알고 책도 좋아하잖아요?"
"책을 좋아하면 무엇을 하고 글씨를 읽으면 무엇을 해요.
책을 읽어도 그 뜻은 아무것도 모르고 다만 앵무새가 소리를 흉내 내듯 읽기만 하는데.
오히려 모르는 것보다 더 답답하지요."
"참 신기한 일이야.
그래도 글씨를 읽는다는 것이." 하며 글씨를 안다는 것이 샛별이 어머니는 무척이나 부러운 모양이다.

"봉우는 자폐를 가진 사람이라 그렇다 치고 요즘은 딸 때문에 고민이 많지요."

"왜, 딸이 문제라도 있나요?"

"문제가 있는 것이 아니라 결혼을 하지 않고 봉우를 돌보면서 부모와 같이 산다고 고집을 피우잖아요."

"지금 몇 살인데?"

"서른일곱 살이 넘었는데 그렇게 버티네요."

"참 요즘 젊은 여자들은 알다가도 모르겠어.
다들 시집은 안 가겠다고 버티니."

"전에는 혹시 시집을 못 갈까 봐 걱정이었는데 이제는 정반대가 되었으니 알다가도 모를 일이지."

"가만히 생각해 보면 옛날에는 여자가 직장이 없으니 먹고살려고 시집을 간 것이 아닌가 하는 생각도 드네요?"

"그럴 수도 있겠네.
그런데 요즘은 여자도 다 자기 직업을 갖는 세상이 되었으니 결혼해서 평생 남자와 자식의 뒷바라지나 해 주며 사는 시집살이보다는 혼자 사는 것이 좋다고 생각하는 모양이지."

하며 서로 이야기를 주고받는다.

센터장이
"이제 꽃님이 어머니가 말씀해 보실까요?" 하자

평소 성품이 조용하면서 말이 없는 꽃님이 어머니가 오늘은 분위기 탓인지 얼굴이 붉게 홍조를 띠고 물을 한 모금 마신 다음 이야기를 시작한다.

"저와 꽃님이 아빠는 둘 다 시골 사람이지요.

아빠는 옆에 있는 둔포가 고향이고 저는 예산에 살았는데 먼 친척의 중매로 인연을 맺었답니다.

양가 부모는 모두 농부로 시골에서 그냥 먹을 만큼 사는 사람들인데 아이 아빠가 일찍이 건설계통에 뛰어들어 처음에는 다른 사람 건축하는 데 따라다니며 기술을 익히더니 부모로부터 물려받은 얼마 안 되는 땅을 정리하여 건축업에 직접 뛰어들었지요.

이런 과정에서 태어난 첫아이가 딸인 꽃님이고 둘째가 아들인데 두 아이의 나이 차이는 네 살로 다른 집보다 터울이 좀 나지요.

아마 그 이유는 결혼 후 바로 고향을 떠나 천안에 와서 셋방살이하면서 아이 아빠의 일을 거들어 주다 보니 제 몸이 부실해서 그랬던 모양이지요.

아까 이야기한 대로 꽃님이를 출산할 때 산후조리를 잘못하여 그 후유증이 아이에게는 물론 산모에게도 많은 영향을 준 모양입니다." 하며 지난날이 회상되는지 잠깐 말을 멈추고 물을 한 모금 마시며 입을 추긴다.

"아이 아빠가 성실하고 열심히 일하여 살림은 조금씩 불어나게 되었답니다.

다들 아시듯이 천안이란 곳이 별로 크지 않았는데 1990년대부터 갑자기 커지기 시작했잖아요.

그 영향인지 건축 사업이 번창하여 우리 네 식구가 살만한 아파트도 하나 장만하고 둔포면에 있는 도롯가에 땅도 조금 장만하게 되었지요.

이렇게 재미를 붙이고 사는데 꽃님이가 어느 날부터인가 간질을 하기 시작하잖아요.

처음에는 죽는 줄 알고 깜짝 놀랐지요.

그런데 아이를 붙잡고 차가운 물수건으로 얼굴을 닦아 주며 감싸고 있으면 바로 회복되어 크게 걱정을 하지 않았답니다.

아마, 바쁘다는 핑계로 신경을 덜 쓴 모양입니다.

이런 일이 점점 더 반복되자 안 되겠다고 생각되어 인근에 있는 대학병원을 찾아갔더니 간질이라고 하면서 회복이 불가능하고 평생 약으로 다스릴 수뿐이 없는 난치병이라고 하잖아요.

그러다 보니 부모의 무지로 아이를 더 나쁘게 만든 것이 아닌가? 하는 자책감에 휘달리며 살고 있답니다.

그런데 아이가 간질 영향인지 지능이 현저하게 떨어져서 하는 행동이나 인지 능력이 낮아 제 친구들과 어울려 놀지를 못했지요.

그런 아이를 학교에 입학시켰더니 친구들에게 따돌림만 당하고 놀림을 받아 그만두었다가 12살이 되었을 때 동생과 같이 학교에 보내 봤으나 역시 적응하지 못하여 사랑학교로 전학시키게 되었답니다.

그때가 우리 집은 아이 아빠 사업으로 정신없이 바쁘게 살 때였습니다.

그러다 보니 손이 많이 가는 난치병 아이를 제대로 돌볼 수가 없어 아이에게 자립심을 길러 주자며 학교 기숙사에 보내게 된 것이지요."

"아니, 학교에서 시내에 사는 사람은 생활보장 대상자만 받아 주었잖아요." 하고 샛별이 어머니가 묻는다.

그러자
"예,
우리 집은 주소가 시내라 기숙사에 들어갈 수 없게 되어 둔포에 있는 시댁으로 아이의 주소를 옮겨 기숙사 생활을 하게 했지요.

어찌 보면 아이를 제대로 보살필 수가 없어 기숙사에 맡긴 것입니다.

그러다 보니 오늘날 가슴이 쓰리고 마음이 더욱더 아프네요."

"그만한 이유가 있으니까 맡긴 거지 누가 내 어린아이를 떼놓고 싶어 떼놓겠어요."

"그러게 말이요." 하며 어머니들이 위로한다.

"기숙사에 맡겨 놓으니까 주중에는 일에 파묻혀 아이에 대한 고민은 많이 줄어들었지요.

그런데 이 아이가 고등부에 다닐 때 아이 아빠가 갑자기 교통사고로 숨지게 되었잖아요."

"교통사고?"

"어디에서?"

"무슨 날벼락이라." 하며 다들 놀라는 표정이다.

그리되자 꽃님이 어머니는 한이 서리는지 이야기를 멈추고 멍한 채 창문을 쳐다보고 있더니 핸드백에서 손수건을 꺼내 눈물을 훔친다.

"저녁에 대전에 있는 친척 집을 다녀오다 고속도로에서 갓길에 고장이나 멈춰있는 트럭을 미처 보지 못하고 들이받았다나 봐요.

내 팔자가 사나워서 그랬는가?

평소 차분했던 사람인데 왜 갓길로 운전했는지 알 수가 없죠.

난치병을 가진 딸아이에다 남편까지 잃었으니 눈앞이 깜깜했으며 세상이 너무 원망스러워 세상을 원망하며 살다 보니 몸이 쇠약해져 한동안 몸져누워서 일어나지도 못했답니다.

그때 나이가 많은 시어머니도 아들을 앞에 보냈다고 한동안 정신을 놓고 살았잖아요."

"아들을 앞세워 보낸 어머니 마음이 어쩌겠어.

누구나 그런 일을 당하면 넋이 나갈 수밖에."

"그래 누가 도와주었대?" 하며 샛별이 어머니가 그 심정 충분히 이해하겠다는 표정으로 바라본다.

"저도 한동안 정신이 나가 시어머니는 안중에도 없었지요.

그때 아이 아버지는 그동안 모아 놓은 돈으로 둔포에 있는 땅에다 공장과 창고를 지어 임대업을 하고 있었는데 거기서 나오는 수입이 우리 식구는 먹고 살 만큼은 되었던 모양이야요."

"다행이네. 아무것도 없었으면 어쩔뻔했어?"

"그게 다 죽지 말고 살라는 세상 이치지." 하며 샛별이 어머니가 안쓰러운 표정을 지으며 위로한다.

"누워있다 생각해 보니 나마저 쓰러지면 발달장애인 꽃님이는 누가 보살펴 주며 아직 생각이 어린 아들의 앞날은 어떻게 될지 정신이 번쩍 들잖아요.

그래서 몸을 추스르고 있는데 상업고등학교 졸업반인 아들은 아버지의 죽음에 충격을 받았는지 대학에 진학하지 않고 아버지 사업을 물려받겠다지 뭐예요.

그러면서 작은아버지와 같이 저희 아버지가 하던 일을 하잖아요.

어미로서 남들 다 가는 대학에 아들이 안 가겠다고 버티니 속이 아팠지만, 고집을 이길 수가 없었답니다.

아이가 상고를 졸업해서 그런지?

아니면 돈에 대한 욕심이 많아서 그런지? 바로 저희 아빠가 하던 임대 사업을 익히고 군대에 갔다 오자 제 작은아버지가 자기 형이 했던 것을 조카인 아들에게 물려주고 뒤에서 보살펴 주더라고요.

그래서 지금은 그 애가 우리 집 살림을 다 하고 있답니다."

"아들이 착한 모양이네요.

그 나이 때는 꽤 멋이나 부리고 까불며 쏘다닐 나이인데?"

"아버지가 없다 보니 철이 일찍 든 모양이지요."

"그러게 말이에요."

"참 신통하네." 하며 다들 아들에 대하여 칭찬한다.

"아이 아버지가 죽을 때 꽃님이는 고등부 3학년이었는데 그때까지 기숙사 생활을 하고 있었지요.

아이 아빠가 월요일 날 사고를 당했는데 기숙사에 있는 딸에게는 험한 꼴을 보이지 않으려고 알리지 않았지 뭐예요."

"예~?"

"아버지의 죽음을 알리지 않았다고요?" 하고 다들 이상하다는 표정을 짓는다.

그때 친척들이

'알려야 한다.'

상처받지 않게 '알리지 말아야 한다.'라며 말이 많았지만 결국 알리지 않았답니다.

그러다 보니 딸아이는 장례식장에도 참석하지 않았고 저희 아빠가 죽은 줄을 몰랐지요.

토요일 날 집에 와서 아빠를 찾는데 얼마나 속이 쓰린지 아이를 붙잡고 내가 서럽게 울어대니 아들도 울고 아무것도 모르는 딸이 처음에는 멍하더니 같이 따라 울잖아요.

세 식구가 얼마나 울었는가? 울다 보니 정신이 번쩍 들었지요.

죽은 사람이 운다고 돌아올 리도 없고 지나간 일은 빨리 잊어버려야지 하는 생각이 들었답니다.

그래서 아이들을 다독거리고 그다음부터는 아무리 슬퍼도 아이들 앞에서는 울지 말자고 마음을 단단히 먹었죠.

그런데 평소 딸아이가 아버지를 좋아했고 아이 아버지도 딸을 무척이나 가슴 아파하며 귀여워했잖아요.

그러다 보니 딸아이가 저희 아빠 생각을 잊어버리는 데까지는 시간이 꽤나 걸렸답니다."

"참 가슴 아픈 이야기네요.

그때 딸을 어떻게 달랬습니까?"

"처음에는 아빠가 바쁜 일이 있어 외국으로 일하러 갔다

고 거짓말을 했지요. 그러면서 아빠가 올 때 꽃님이에게 선
물을 많이 사 올 거라며 달랬잖아요.

그러다 보니 기숙사에서 집에만 오면 아빠가 언제 집에
오느냐고 다그쳐 아빠는 하늘나라로 여행을 가서 바로 못 온
다고 이야기하면서 그 아이가 좋아하는 인형을 사다 주면서
달랬잖아요.

이렇게 마음 조아리면서 세월이 흘러 잊기를 기다리며 하
루하루 살다 보니 아이가 저희 아버지의 기억이 머릿속에서
점점 사라지는지 찾는 것이 줄어들더라고요.

그러는 과정에서 아들의 힘이 컸답니다.

아들이 어느 날부터인가 누나가 아빠를 찾으면 오지도 않
는 아빠는 왜 찾느냐고 제 누나에게 화를 내니까 평소 제 동
생을 좋아하는 꽃님이가 아빠라는 말이 입에서 점점 사라지
게 되더라고요.”

“그러고 보면 세월이 약이여.”라고 샛별이 어머니가 한
마디 거든다.

그러자 센터장이
“오누이 사이의 정은 좋은 모양이지요?”
“꽃님이가 어려서부터 제 동생을
‘아가~,
아가~’ 하며 무척이나 좋아했지요.
지금도 30살이 넘어 결혼해서 아기 아빠가 되었는데도 제

동생을 아가라고 부르고 있지요.

　그런가 하면 나한테는 어리광을 부리며 띵깡[16]을 놔도 제 동생 이야기라면 다 들어줘서 살고 있답니다."

　"이런 것을 보면 시간보다 더 좋은 약은 없을 거야, 아무리 가슴 아픈 일도 시간 속에서는 사라지고 마니께"

　"그렇게 말이어요. 잊히지 않으면 어디 살겠어요?" 하며 옆에서 위로하는 것인지 자기들의 신세를 한탄하는 것인지 한마디씩 거든다.

　"그럼 아들은 장가는 갔고?"

　"예, 아들은 저희 작은아버지가 중매했지요."

　아들이 제 작은집을 자주 들랑거렸는데 아마 사돈 되는 양반이 마음에 들었나 사위로 받아 줬죠.

　아들의 장인이 바로 아이 아빠의 친구잖아요." 하자

　그러자 봉우 어머니가

　"사돈 되는 분이 아들을 착하게 본 모양이네요?"

　"모르겠어요.

　장인이란 사람이 애 아빠와 어릴 때 옆집에 살은 사람으로 남편의 죽마고우인 사람이죠.

　그러다 보니 아이가 어릴 때 저희 아빠와 할머니 집에 가면 아빠를 따라 처녀 집에 놀러 다니다 보니 어려서부터 좋아했던 것인지 저희 작은아버지가 중매를 하자 서로 좋다고

16. 생떼의 방언

했지요."

"그러고 보면 남녀 간의 인연이란 참 신기하다니까?"

"그려요.

어떤 사람은 몇백 리나 몇천 리에 떨어진 사람을 만나기도 하고 또 어떤 사람은 담 하나 사이의 사람을 만나기도 하니까?"

"그런 것들이 전생의 인연에서 나타나는 것은 아닐까요?" 하자

"왜 저세상에 가서 만나고 싶은 사람이라도 있소?" 하며 서로 대화를 주고받으며 껄껄 웃어 우울했던 분위기를 바꾸어 놓는다.

"그런데 결혼한 아들이 처음에는 우리 아파트에서 같이 살았는데 몇 달 살더니 며늘아기가 장애인인 제 시누이가 마음에 걸렸나 근방에 있는 아파트로 이사를 하잖아요."

"그려 요즘 아이들이 누가 시집 식구와 같이 살라고 하겠어요?"

"나도 있고 꽃님이도 있으니 며늘아기가 그러려니 하는 생각에 저희 좋다는 대로 내보냈지요.

이렇게 살림을 나간 아들은 매일 집을 들랑거리는데 며늘아기는 날이 갈수록 들랑거리는 것이 줄어들더니 아기를 낳자 거의 끊어지다시피 했지요.

그러다 보니 손자가 보고 싶고 꽃님이가 제 조카를 좋아

하여 이제는 반대로 우리가 아들네 집을 자주 들랑거리게 되었답니다.

그리고 꽃님이가 주간 보호센터에서 돌아오면 꼭 마트를 들러 제 어린 조카를 보아야 집으로 들어오니 할 수 없이 들랑거렸지요."

"며느리가 불편하다고 생각하지 않았을까요?" 하며 나이가 제일 어린 천호 어머니가 한마디 한다.

"며느리의 눈치가 보였으나 처음에는 산후조리를 보살펴 주고 손자를 봐준다는 핑계로 드나들었지요.

사실은 손자를 보는 재미로 외로움을 달래려고 그렇게 한지도 모르지만?

아마 그보다는 딸의 고집을 꺾을 수 없어 들랑거렸다고 보는 것이 맞을 겁니다.

그래서 그랬는지 아이를 낳고 1년이 지날 무렵 아들이 갑자기 이사하겠다고 말을 하잖아요."

"예, 이사를?"

"무엇이 틀어졌나?"

"새댁이 시어머니와 시누이가 들랑거리는 것이 싫어서 서방을 꼬드긴 것이겠지?"라고 한마디씩 한다.

"그래서 무어라 했습니까?"

"왜 이사를 하려고? 라고 물으니까 하도 기가 막혀서."

"무어라고 했는데요?"

"하는 말이 장인어른이 자기네 집 옆으로 와 살면서 자기 일을 좀 도와 달라고 한다잖아요."

"아니 그 집은 아들이 없는 집안인가요?"

"아니요,

아들이 둘이나 있는데 모두 결혼하여 큰아들은 서울에 가서 살고 작은아들은 대전에 살고 있지요.

그러다 보니 막내딸이 출가하게 되자 두 내외만 살고 있었지요."

"아니 남의 아들을 뺏어가려고 하는 것인가?"

"그러게."

"모르겠어요.

처음에는 어안이 벙벙했지만, 아들이 가겠다는데 막을 방법이 없잖아요.

결국 아들은 저희 처가 동네에다 집을 하나 장만하여 이사를 갔지요."

"사돈이란 분은 무슨 일을 하고 계시는 분인데요?"

"예, 일반 벼농사를 지으면서 양봉을 하고 있지요."

"아들은 무슨 일을 하고 있고?"

"제 아버지의 일을 물려받았다고 했지만 특별한 직업을 가진 것이 아니라 하는 일이라는 게 건물 관리와 월세나 받고 세금 계산이나 하는 일이니 따지고 보면 놀고먹는 반건 달이지요."

"그러게요. 아버지 덕에 편안하게 사는 사람이네요."

"아들이나 우리 식구 먹고 살 만큼은 벌어 놓고 간 모양이에요."

"그만해도 얼마나 다행인가요." 하며 서로 대화를 주고받는다.

"그러다 보니 이제는 다 떠났고 딸과 둘이 사는 꼴이 되었답니다."

"아들은 자주 들리나요?"

"네, 우리 아들은 원래 심성이 착한 아이지요.

그래서 그런지 거의 매일 찾아오는데 며느리와 손자는 보기가 점점 어려워지네요.

처음에는 며느리가 아들과 같이 매주 와서 청소도 해 주고 하더니 점점 오는 것이 줄어들어 이제는 한 달에 한 번이나 올까 말까 한답니다."

"꽃님이가 제 동생과 아이를 좋아했다면서 처음에는 꽤 찾았을 것 같은데?"

"처음에는 애를 먹였지요.

이제는 나이를 먹어서 말귀를 조금은 알아듣는 것인지 저희 아빠 때처럼 생떼를 부리지 않았으며 바로 체념을 하더라고요.

혹시 제 동생이 자주 온다고 하니까 그 말에 넘어갔나 모르지만?"

"그럼 지금 생활비는 어떻게 하고 살고 있나요?"

"저는 아이 아빠가 있을 때부터 돈을 모르고 살았지요.

남편이 주면 주는 만큼 그 안에서 시장을 보고 살림살이를 했으니까.

지금은 아들이 주는 돈으로 살고 있습니다."

"아들이 돈을 제때 꼬박꼬박 주는 모양이지요?"

"아직은 쓸 만큼은 주고 있지요."

"지금 몇 년째인지요?"

"오 년이 조금 지난 것 같네요."

"꽃님이 어머니 앞으로는 재산이 없나요?"

"내 앞으로 된 것은 지금 사는 아파트 한 채뿐이고 모두 아들 앞으로 되어 있지요."

"아파트라도 가지고 있어 다행이네요.

그것은 죽을 때까지 아들한테 물려주지 마세요.

사람의 마음은 아무도 모른 다잖아요."

"글쎄요,

아직은 아들을 믿는데 모르겠네요."

"사람들 말로는 아들과 며느리는 또 다르다고 하더라고요.

돌아가실 때까지 꼭 챙기고 계셔야 꽃님이 어머니가 돌아가신 후라도 꽃님이의 생활에 보탬이 되지 않겠어요." 하며 서로 걱정해 주는 말을 한마디씩 해 준다.

이야기를 쭉 듣고 있던 센터장이

"그럼 지금 특별히 하는 일이 없으신 모양인데 어떻게 시간을 보내고 계시나요?"

"예 저는 젊어서도 시간이 있을 때는 종종 절에 다니곤 했답니다.

아이 아빠가 집을 짓고 할 때도 부처님께 사고 없이 잘 될 수 있게 해 달라고 불공을 열심히 드렸지요.

그러다 남편이 죽고 나자 마음을 다스릴 수 없어 방황하고 있는데 친정어머니가 절에 가서 열심히 불공을 드리다 보면 마음이 조금이라도 편해질 거라고 해서 그때부터 더 열심히 다니지요."

"그렇다고 매일 절에 가는 것은 아니잖아요?"

"아니요,

주말은 꽃님이랑 있고 주중에는 꽃님이가 주간 보호센터에 가면 나는 바로 시내버스를 타고 절에 가서 불공도 드리고 스님들의 일을 거들어주면서 스님들과 같이 생활하고 있지요."

"그러시구면요.

그런데 꽃님이는 외모로 볼 때 조금 둔해 보여서 그렇지 별로 표시가 나지 않는데 직업 재활원에는 가보지 않았나요?"

"왜요, 학교를 졸업하고 잠깐 다녔지요.

그런데 한 달이 못 되어 쫓겨나고 말았지요.”

“아니 무슨 이유라도 있나요?”

“꽃님이 뇌가 잘못되었나 손톱깎이 회사에 취업했는데 그 애가 하는 일은 단순노동으로 완성된 제품을 조그마한 종이 상자에 다섯 개씩 넣는 작업인데 그것을 못 한다지 뭐예요.”

“아니 그 단순한 것을?”

“글쎄 말이에요.

뇌에 이상이 있나 상자에다 손톱깎이를 한 갑에 다섯 개씩 넣는데 꼭 두 번째 것을 반대로 집어넣어 다른 사람의 손을 거치지 않으면 안 된다잖아요.

아무리 가르쳐 줘도 안 된다고 하여 그만두었지요.

아마 그 애 팔자가 놀고먹으라는 팔자로 태어난 모양인데 무슨 일을 하겠어요.” 하며 이야기를 마치며 목이 마르는지 물 잔으로 입을 적신다.

그러자 센터장이

“이야기 잘 들었습니다.

가슴 아픈 일들이지만 어찌합니까? 이겨내며 살아야지요.

그럼 오래 기다렸는데 마지막으로 운영위원장님이신 샛별이 어머니 이야기를 들어보지요.

샛별이는 아버지가 중·고등학교에서 오랫동안 근무하며

교장으로도 근무한 것으로 알고 있는데 다른 집보다 사연이
더 많았을 것 같은데?"

"그려요.
제가 알기로는 우리 위원장님은 사랑학교에서도 오랫동
안 학부모회장과 학교 운영위원장을 하면서 우리 아이들을
위하여 각종 세미나나 전국 곳곳을 찾아다닌 것으로 알고 있
지요."
"어디 그뿐이에요. 국립특수교육원에서 전국 장애인 학
교 학부모를 상대로 세미나를 할 때 학부모 대표로 대담자
역할도 했는데요." 하며 윤정이와 하늘이 어머니가 나선다.

그러자 봉우 어머니와 하늘이 어머니도
"연세도 많으시고 사회에 경험이 많으시니, 우리에게 좋
은 이야기를 해 주실 거라 생각되네요."
"우리 하늘이가 이곳에 오게 된 것도 위원장님 덕이잖아
요."
"그래요, 우리 윤정이도 위원장님이 소개해 줘서 왔는
데." 한다.

9. 피할 수 없는 운명

2016. 10. 21. 히말라야 안나푸르나 아침 모습

발달 장애인의 어머니가 자기 자녀를 스스로 살 수 있게
만들어 주는 것은 히말라야의 안나푸르나 남봉의 얼음 암벽
을 정복하는 산악인과 같은 강인한 인내력을 가진 사람들이
아닐는지?

그러자 샛별이 어머니는

"그럼 속 시원하게 신세타령이나 해 봅시다." 하며 컵에
물을 가득 따라 마시고 이야기를 시작한다.

"사실 샛별이 아버지도 한때 갈등이 많았던 모양이야요.
그 사람은 공명심과 자존심으로만 뭉쳐진 사람인데 늦둥
이로 아들을 낳았다고 좋아했는데 치료도 할 수 없는 정신발
달 장애인이라는 말에 상처를 크게 받은 모양이지요.
내가 상처를 받을까 봐 표현은 안 하고 있었지만, 마음
에 갈등을 느끼고 있다는 것을 여자의 직감으로 느끼곤 했
지요."

그러자 하늘이 어머니가

"자기 아이가 장애인이라는 말에 아이 아빠라면 누구나
갈등을 느끼지 않을 수 없었을 거예요?" 하며 안쓰럽다는 표
정을 짓는다.

"그때 아이 아빠는 중요한 시험을 준비하고 있었는데 내
가 반미치광이로 변하자 옆에서 보기가 너무 민망했나 아직
시내에서 근무할 수 있는 기간이 4년이나 남았는데 옛날 속
초에서 살 때가 그립다며 바다가 있는 태안으로 내신을 내
잖아요.
핑계는 '자기는 다른 사람보다 교직에 늦게 들어왔기 때
문에 승진하려면 도서 벽지에 가서 근무해야 한다면서 조용

한 곳에 가서 머리를 식히면서 공부도 하고 승진 가산점도 챙기겠다고 했지만, 사실은 우리 집을 피해서 혼자 도망간 것이지요."

"설마 그럴 사람이 있겠어요. 그만한 이유가 있으니까 집을 떠났겠지?"

"사실 나도 처음에는 그것을 느끼지 못했는데 지나놓고 생각해 보니 깨달은 것이지요.

그렇게 집을 떠나서 혼자 밥을 해 먹으며 4년이란 세월이나 떨어져 살았지요."

"4년이나 밥을 손수 해 먹으면서?"

"얼마나 갈등이 많았으면 남자가 혼자 집을 떠나서 살았을까?"

"집에는 자주 왔나요?"

"집에는 매주 토요일이면 꼬박꼬박 왔지요.

방학 때도 아이에게 도움을 줄 수 있는 특수교육이 어떤 것인가 알아야겠다며 개인 비용을 들여서 3년씩이나 대구대학교에서 실시하는 장애인 특수교육에 대한 교원연수를 받으려 다니더라고요.

그 기간을 빼고는 쉬는 날이면 꼬박꼬박 집으로 왔지요.

나도 결혼 후 처음으로 떨어져 살다 보니 첫해는 몹시 그리웠으나 2~3년이 지나자 오고 가는데 별로 관심이 없어지더라고요."

"그렇다고 4년씩이나 떨어져 살아요?"

"뒤에 그 사람 이야기로는 내가 샛별이를 낳고 반 정신이 나간 사람처럼 설쳐대니 옆에서 도저히 봐줄 수가 없었다나요?

그리고 엄마와 아빠는 아이 때문에 정신이 없는데 중학교와 고등학교에 다니는 딸들은 부모가 불쌍해서 더 신경 써서 공부할 줄 알았더니 성적이 형편없이 떨어져 있다는 것을 알고 자기 인생이 하도 기가 막혀서 집에서 도망간 것이라고 이실직고하잖아요."

"딸들은 중·고등학교에 다녔던 모양이지요."

"샛별이가 태어날 때 큰딸은 고등학교 2학년이고 둘째와 셋째는 중학교 2학년과 초등학교 6학년이었지요."

"정말 중요한 시기였네요."

"아이 아빠가 그동안 중학교와 고등학교에서 주로 담임을 3학년 진학반만 지도해 온 사람으로 자기 나름대로는 베테랑 교사라는 자부심을 가지고 있었나 봐요.

그런데,

큰 아이 대학 진학 상담 문제로 담임선생님이 학부모를 학교에 와 달란다고 해서 애 아빠가 갔다 왔지요.

그동안 그 사람은 바쁘다는 핑계로 아이들의 학교에 한 번도 가본 적이 없었는데 내가 샛별이한테 붙잡혀 있으니 별

수 없이 자기가 간 것이지요.

자기는 지금까지 자기 딸들이 모두 학교에서 성적이 상위권에 들어 있는 우수한 아이로만 알고 있었던 모양이에요.
그런데 큰딸의 성적이 중위권에 처져 있다는 말을 듣고 충격을 받았다나요.
더구나 담임이 자기 또래로 친분은 없지만 서로 얼굴 정도는 알고 지내는 사람이라 자기 딴에는 체면이 말이 아니었던 모양이에요."

"아니 선생님이신데 평소 아이들 성적을 몰랐을 리가 있나요?
더구나 주로 3학년만 담임했다면서요?" 하고 하늘이 어머니가 의문을 제기하자.
"원래 큰 딸은 초등학교 1학년 때는 1학년 전체에서 1등을 했으며 고등학교 3학년까지 반장이나 부반장을 맡고 있었던 아이로, 늘 학급에서 2~3등 밖으로 밀린 적이 없었는데 고등학교 3학년 때 곤두박질친 것이지요.
뒤에 알게 된 일이지만 2학년에 올라가면서 부모가 막둥이에게만 신경을 쓰자 학교 무용반에 들어가 무용 연습을 하면서 학교 연극에도 참가했었다나요.
그러니 공부를 언제 했겠어요.

그런데 우리 부부는 샛별이가 장애아이라는데 정신이 팔

여 그것을 전혀 눈치채지 못하고 있었는데 뒤에 알고 보니 옆에 사는 저희 고모네 집을 들랑거리며 고모의 지원을 받으며 연습을 했던 모양이에요.

그것을 알게 된 애 아버지는 딸의 무용을 지원해 준 자기 여동생을 괘씸하게 생각하며 미워하기 시작하여 지금도 시큰둥하니, 상대를 잘해 주지 않지요."

"아마 되게 서운했던 모양이네요?"

"그 여동생은 고등학교 때 고향에서 다니던 학교에서 문제를 일으켜 쫓겨나게 되었을 때 자기네 학교로 전학 시켜 졸업을 시켰지요.

거기다 자기도 3학년 담임을 하면서 옆 반에 있는 동생을 직접 가르친 사제 지간이기도 한데,

자기를 속인 여동생에게 마음의 배신감 같은 상처를 입었던 모양이야요."

"성질도 날만 했겠네요.

어떻게 고등학교 3학년짜리 조카가 부모 몰래 무용을 하는데 오빠나 올케한테 이야기하지 않고 감춰줄 수가 있을까?"

"그러다 보니 우리 부부는 부부싸움을 단단히 했답니다."

"왜 부부 싸움을 해요?"

"아이가 그렇게 될 때까지 집에서 무엇을 했냐는 것이지."

"아니 자기는 무엇을 했는데 부인에게만 핑계를 대요?"

"글쎄 말이야, 남자들은 배우나 못 배우나 다 이기적이라니까?"

"특히 그 사람은 어렸을 때 가난한 집에서 어렵게 학교에 다닌 사람이라 자기 아이들에게는 그런 일이 없도록 하겠다고 늘 입버릇처럼 말해왔는데 딸의 성적이 그러니 기가 찼던 모양이야요."

"선생님이 평소 아이들 성적을 확인하지 않았나요?"

"왜요.

그 사람은 아이들이 학교에서 시험을 보고 오면 그날 자기가 맞은 점수를 적어서 식탁 위에다 올려놓아야 했는데요.

그 이유는 시험을 보고 나면 끝난 즉시 자기 점수를 채점하여 틀린 문제가 있으면 정답을 확인 해 두어야 다음에 그 문제가 다시 시험에 나와도 틀리지 않고 맞을 수 있으며, 또 시험을 보고 나면, 보고 난 즉시 자기가 몇 점 맞았는지는 알 정도로 공부를 해야 제대로 공부한 것이라며 아이들을 다그친 사람이지요.

그리고 어느 날인가는 술을 잔뜩 먹고 와서 아이들이 무엇을 잘 못했나 기억은 없는데 딸들한테 내가 지도를 잘 못해서 그러니까 내 종아리를 힘껏 5대씩 때리라고 자기 종아리를 걷고 의자로 올라가잖아요.

그러자 아이들이 멈칫거리며 때리는 시늉만 하자 큰딸을 올라가라 해 놓고 힘대로 한 대를 때리면서 이렇게 때리지 않으면 자기가 대신 때리겠다고 하자 아이들이 저희 아버지 종아리를 힘대로 5대씩이나 때리잖아요.

아이들한테 회초리로 15대나 맞은 종아리가 빨갛게 핏자국이 나 있으나 아무런 내색도 하지 않고 앞으로 이런 일이 또 있으면 그때는 자기가 때리겠다고 하면서 아이들을 자기네 방으로 보냈지요."

"정말 교육자 집안이네요.

책에서만 읽었지, 실제 자식에게 직접 종아리를 때리라고 한 사람 이야기는 못 들어 봤는데..." 하며 하늘이 어머니가 탄복한다.

"그렇게까지 자식을 지도했는데 성적이 떨어졌으니 아버지로서는 정말 허망했겠네요?"

"그 사람은 아이 문제나 큰딸의 성적 문제 등이 자기의 팔자라며 이런 정신적 갈등에서 벗어나고파 집에서 도망간 것이지요.

그러나 집에서 나갔다고 마음이 편했겠어요?

처음 몇 달은 술 한 잔 들어가면 자기도 모르게 해변에 나가 바다에다 대고 지칠 때까지 고래고래 소리를 지르며 마음을 달랬다고 하더라고요.

그렇게 몇 달이 지나자 소리 지르는 것도 지치고,

자기가 이대로 무너지면 우리 가정은 풍비박산이 날 것 같다는 생각이 들더래요.

그리고 아직 어린 딸들의 앞날을 생각하니 혹시 우리 샛별이 때문에 딸들의 혼담 문제에 걸림돌이 되지 않을까? 하는 생각에 딸들을 위하여 꼭 승진은 해야겠다는 생각이 들어 승진에 필요한 점수를 더 철저히 관리하기 시작했답니다.

그렇게 이를 악물고 혼자 밥을 해 먹으면서 참고 사는데 주일에 집에 와서 보니 처음에는 느끼지 못했는데 2년 3년이 지나자 우리 집 분위기가 어딘지 모르게 달라져 가고 있다는 생각이 들더래요.”

“무엇을 느꼈을까?”
“사실 그때 우리 집은 그의 생각대로 많이 흔들리고 있었던 모양이에요.

창피한 말이지만 내가 방황한 것이지.

큰애는 고작 전문대학에 들어갔는데 정신을 차리지 못하고 둘째와 셋째가 학교 성적이 점점 하향곡선을 긋고 있었는데 나는 샛별이 핑계를 대며 마음을 달래겠다고 같은 아파트 단지 내에 사는 친구들과 어울려 매일 우리 집에서 신세타령이나 하면서 음식이나 해 먹고 고스톱을 치며 놀았지 뭐예요.

그러다 보니 중학교와 고등학교에 다니는 딸의 성적은 계속 처졌고 큰딸도 가까스로 대전에 있는 전문대학에서 관광학과를 나와 서울에 가서 취직하고 보니 저랑 중·고등학교 다닐 때 친했던 친구들은 서울에 있는 명문 대학을 나와 대기업에 취직하는 것을 보자 자존심이 상했나 다시 공부하더니 제법 이름있는 4년제 대학에 가더라고요."

"그려요. 공부는 제가 깨달아야 하지,

깨닫기만 하면 하지 말라고 성화를 대도 알아서 하지요."
하며 하늘이 어머니가 거든다.

"그래 샛별이 아버지는 바로 승진은 했나요?"

"그 사람은 4년 만에 다시 천안으로 오더니 1년 후에 교감 연수를 받고 그다음 해에 시내에 있는 고등학교 교감으로 나갔지요.

그때가 앞에서 말한 대로 샛별이가 사랑학교에 들어가는 나이가 되었을 때였답니다.

나는 샛별이의 장래를 위해서는 돈이 있어야 한다는 생각에 아이를 학교에 데려다주고 나서는 마을에 있는 마트에 가서 알바하며 돈을 모았죠.

그러면서 그동안 모아 온 돈으로 부동산에도 조금씩 투자를 했는데 샛별이의 운인지 손해를 보지 않고 재산이 조금씩 늘어가더라고요.

그러는 과정에서 샛별이가 사랑학교 초등부를 다닐 때 앞에서 말한 대로 학교에서 우리 집을 견제하는 것 같아 가능한 선생님들과 접촉을 피했답니다.

　그런데 알 수 없는 것은 그 학교의 교감 선생님은 중등 교원인데 거의 다 샛별이 아빠와 같은 학교에서 근무했던 사람이나 친구들이 근무하여 잘 아는 사람들이라 더 조심스러워 학교를 더 멀리했나 모르지요."

　"그렇겠네요. 샛별이 아버님이 대부분 시내에서 근무했고 승진해서도 시내에서 근무하고 있었으니까?"

　"그러다 젊은 교장이 오면서 나를 끌어들이려고 하자, 애 아빠도 학교에 도와줄 일이 있으면 도와주라고 해서 들랑거리다 보니까 학부모회장도 하고 운영위원장도 하게 되었다오.

　그러다 보니 어떻게 보면 학교의 봉이 된 것이지요.

　학교에서 학부모가 필요한 일만 있으면 나를 불러갔으니까."

　"따님들은 다 출가를 했나요?"라고 결혼하지 않은 자기 딸이 생각나서인지 봉우 어머니가 묻는다.

　"딸들 결혼 문제로 한동안 고민이 많았지요.

　혹시 샛별이의 다운증후군이란 장애가 집안의 내력이라 생각하고 거절하면 어쩌나 하는 생각에, 애 아빠나 나나 말은 안 했지만 은근히 속으로 걱정을 많이 하고 있었답니다.

　　　　　　9. 피할 수 없는 운명

그런데 애 아빠 친구들이 은근히 자기네와 사돈 맺기를 원하는 사람이 더러 있었는데 애 아빠는 용기가 나지 않았는지 대답을 하지 않더라고요.

그러다 큰딸은 26살 되던 해 대학 4학년에 다니고 있었는데 같은 과 학생과 갑자기 결혼하겠다고 하잖아요.

그때 저희 아빠가 꽤나 반대했는데 젊은 아이들 고집을 어디 꺾을 수 있나요."

"아니 왜 샛별이 아버님이 반대했을까요?"

"반대하고 싶어서 한 것이 아니고 애 아빠가 교감으로 막 승진하여 정신이 없는데 이 녀석들이 그걸 이용해서 발령받고 나서 채 1주일도 지나기 전에 집에 들이닥쳐 결혼시켜달라고 하니 어이가 없어서였지요.

몇 날을 고민하다 결혼은 하되 자식으로 인정하지 않겠다며 식을 올려 주라고 하잖아요.

그리고 둘째는 고등학교 다닐 때부터 사귀던 총각이 있었는데 총각은 참하고 착해 보였으나 아버지가 안 계시고 집안이 가난하여 내가 강제로 헤어지라고 했다가 막상 결혼을 허락해 주니 총각이 가난한 자기네 집을 비관하고 떨어져 나가더라고요.

그리고 나서 그때 헤어지라고 해서 그런가?

한동안 방황하더니 나이가 32살이 되어 결혼하겠다고 데리고 온 남자가 있었는데 별로 마음에 들지 않았지요.

애 아빠도 한 번 만나보더니 영 마음이 차지 않는지 처음에는 딸의 성화에 상견례를 하고 결혼 날짜를 잡아 예식장까지 잡았다가 애 아빠의 반대로 취소했지요.

그러나 인연인지 1년 후에 다시 그 사람과 결혼하더라고요."

"왜 그리 반대했대요?"

"우리 집 식구들은 나만 적지 다 큰데 신랑의 외모가 왜소하고 몸이 허약해 보여 마음에 들지 않았던 모양이지요.

그러나 인연은 어쩔 수 없는 것인지 지금은 아들 하나를 두고 재미있게 살고 있답니다."

"하긴 남의 식구가 한눈에 썩 드는 사람이 어디가 있나요. 자주 봐서 정이 들어야 괜찮아 보이지요."

"그려. 사람은 보면 볼수록 정이 들어 자주 보아야 좋아 보이지." 하며 서로 한마디씩 거든다.

"그럼 셋째도 결혼했나요?"

"예, 셋째도 둘째와 같이 결혼이 조금 늦어졌지만 제가 스스로 제 짝을 찾아왔더라고요.

셋째는 느지감치 직장을 잡고 소개팅에서 만났다고 대기업에 다니는 남자 친구라며 결혼을 하겠다고 하여 혼례를 올려 주었죠.

그러다 보니 처음에는 샛별이가 저희 누나들 혼수 길을 막을까 은근히 걱정했는데 별 무리 없이 잘 해결되었습니다.

그리고 사위들이 모두 착하고 큰아이는 해외에 나가 사는데 딸만 둘을 두어 모두 대학에 다니고 있으며 밑에 두 딸은 아들 하나씩만 두어 우리 집 주변에 있는 아파트에서 살고 있지요.

그러다 보니 그 아이들이 수시로 우리 집에 들랑거려 시집을 갔는지 안 갔는지 모르고 살고 있답니다."

"따님들은 좋겠네요?

친정 부모가 바로 옆에 살고 있으니 얼마나 든든하고 좋을까요."

"글쎄 좋을는지?

아니면 귀찮다고 안 할는지?"

"왜요. 좋겠지요."

"심심하면 불러서 이것저것 시키고.

또 샛별이 아빠가 약주를 좋아하여 툭하면 사위들을 데리고 술을 마시면서 한 이야기를 하고 또 하는데 그런 늙은 이를 좋아하겠어."

"참 위원장님도 제 귀에 들리기는 너무 좋아서 자랑하는 말씀이네요.

사위들도 얼마나 좋겠어요.

그 껄끄럽다는 장인어른과 맞 대작하고 술을 마시고 있으니..."하며 센터장이 말을 거든다.

"그나저나 샛별이를 키우면서 아이 때문에 받은 스트레스를 어떻게 이겨 내셨나요?" 하며 봉우 어머니가 말을 시킨다.

"아까도 말했지만, 그 아이가 어릴 때 아빠가 집에서 떠나 있어 딸들과 같이 살면서 자포자기 심정으로 아파트의 이웃 사람들과 친분을 맺어 매일 고스톱을 친다든지 요리를 해 먹으면서 마음을 달래며 반미치광이같이 살다 보니 우리 집이 내 친구들의 사랑방이 되어 버렸지요.

그러다
샛별이 아빠가 집으로 들어온 다음부터는 같은 동에 사는 사람들이 만든 산악회에 들어가 한 달에 한 번씩 등산을 근 7~8년 다녔답니다.
그때 전국 방방곡곡 유명하다는 산은 거의 다 다녔는데 정상에 올라가서는 다른 사람들이 야~호를 외치는데 나는 우리 아들 이름을 목청이 터지도록 외쳐댔지요.
샛~별아~~
샛~별아~~ 하고
소리를 지르다 보면 나도 모르게 가슴에 맺힌 한이 풀려나가는 것 같은 기분이 들곤 했지요."

9. 피할 수 없는 운명

"그럼 산에 갈 때 샛별이는 누나들이 봐주었나요?"

"아니 누나들은 학생들이라 저희 놀기가 바쁠 때라 집에 없었지."

"그러면 누가 봐주었나요?"

"그야 샛별이 아버지가 봤겠지?"

"그래요.

원래 샛별이 아버지 성격은 주중에는 학교 일에 미쳐 매일 늦게 들어오는데 주말은 토요일 날 집에 들어와 신발을 벗으면 월요일 아침에나 신발을 신는 사람이라오."

"아니, 운동도 하지 않으시고?"

"운동 같은 것은 전혀 모르는 사람이고 그저 학교 일에만 반 미쳐 있는 사람이었지요."

"평소 산을 좋아했던 모양이지요?"

"아냐,

산 같은 곳은 가본 적이 없는데 애 아빠가 교감 때 어느 날 선생님들과 등산 약속이 있다며 남원에 있는 고리봉(710m)이란 산을 데리고 가잖아.

그때 내 나이 50대 초반인데 많이 힘들어했지.

그런데 산 정상에 올라가 아래를 내려다보니 올라갈 때 힘이 들어 혼났지만, 공기가 맑고 기분이 상쾌하다는 것을 느꼈으며 등산이 몸뿐이 아니라 정신건강에도 좋다는 것을 처음으로 깨달았죠.

그래서 산에서 돌아온 후 우리 집에서 얼마 안 떨어진 봉서산을 매일 새벽 4시만 되면 일어나 올라다니기 시작했지.

처음 몇 날은 숨이 차고 종아리가 붓고 아프더니 한 달이 지나가자 숨도 차지 않고 다리 아픈 것도 느껴지지 않았으며 그리 좋을 수가 없었지.

그래서 등산을 해야겠다고 생각하고 있는데 어느 날 우리 아파트 옆에 있는 동사무소에 갔더니 나와 나이가 비슷한 남자 직원 한 사람이 자기가 다니는 산악회를 소개하면서 들어오라고 권하잖아요.

그래서 산악회에 가입하여 매달 따라다니게 되었답니다.

"선생님은 산에 가는 것을 반대하지 않았던 모양이지요?"

"왜!

먼 데 있는 산을 가려면 새벽 4~5시면 배낭을 챙겨 나가잖아요.

그리고 집에 들어오면 밤 12시 가까이에 들어오잖아.

처음 몇 달은 소리가 없더니 1년 2년이 지나자 짜증을 내며 성질을 부리기 시작했지.

그러면서

'제발 나 퇴직 후에 얼마든지 다니라고.' 하면서 짜증을 부리는데

나도 지지 않고

'다 늙어서 무슨 힘으로 다니냐? 힘이 있을 때 다녀야지'

하면서 다니다 결국 나이도 먹어가고 미안한 마음도 들어 그 만두었지요."

"그때 선생님은 온종일 샛별이랑 놀아 주는데 애 좀 먹었 을 것 같은데?"

"혼 좀 난 모양이야요.
다녀와서 이야기 들어보면 어떤 때는 불쌍하다는 생각이 들 때도 있더라고요.
새벽에 내가 나가고 나면 샛별이 녀석이 일어나지 않으려 고 해서 자게 놔두고 혼자 밥을 먹은 다음 10시나 되어서 아 이 밥 한술 먹이고 두세 시에 점심을 먹인 후 놀이터로 데리 고 나가면 아이가 시키는 대로 하면 좋은데 그러지 않고 고 집을 부리며 다른 아이들이 타고 있는 그네를 타려고 한다 든지, 아니면 미끄럼틀에 올라가 저보다 작은 아이가 있으면 밀어 넘어트리려 하니 놀이터도 마음대로 데리고 갈 수가 없 었던 모양이야요.
그래서 생각한 것이 자동차를 타고 두세 시간씩 천안 주 변을 드라이브하며 시간을 보냈다나요."

"어디로 다녔는데 두세 시간씩이나 다녀요?"
"그가 주로 다닌 곳은 광덕으로 시작해서 터널을 거쳐 동 해를 지나 마곡사계곡을 따라 차동고개를 넘어 유구로 해서 송악으로 나오기도 하고 어떤 때는 병천을 지나 진천의 문백면에 있는 농다리를 다녀오기도 하고, 또는 백곡을 거쳐 입장으로 돌아오기도 하는 등 천안 주변의 골짝을 다 헤매고 다닌 모양이더라고.”

“그때마다 남자 속이 어땠을까? 안쓰러운 마음이 드네요.”
“그게 다 낳은 죄 아니겠어.
여하튼 나는 산에 가서 고래고래 소리를 지르고 오면 한동안 스트레스가 싹 풀려나간 기분이 들었지.
그러다 나이가 점점 많아지고 애 아빠한테 미안하여 산을 그만두니 마음 붙일 곳이 없잖아
그런데 그때 마침 두정동에 마사회가 생겨 주말에는 마사회 경주를 하고 월요일에서 금요일까지는 탁구 교실을 열었지요.

어떻게 그것을 알고
나이가 한 살 더 많은 고향의 언니가 탁구 교실이나 다니자고 하여 용기를 내서 아침만 먹으면 샛별이와 아빠는 학교로 가고 나는 도시락이나 먹을 것을 준비해서 탁구 교실에 나가 온종일 새로운 친구들과 어울려 탁구도 치고 수다를 떨다 보면 하루가 어떻게 지나갔나 모르게 잘 갔지요.”

그러자
봉우 어머니가 신기하다는 듯

9. 띠할 수 없는 운명

"탁구를 잘 치셨던 모양이지요?" 한다.

"아니야, 탁구는 중학교 다닐 때 삼촌과 같이 마룻바닥에다 줄을 긋고 판자때기로 똑딱 볼을 쳐 봤는데 그 후로는 탁구 라켓을 잡아 본 적이 없었지.

마사회에서 강사가 일정한 시간을 정해 놓고 탁구 치는법을 지도했는데 한 번도 빠지지 않고 열심히 좇아다니다 보니 조금씩 늘어 나이를 먹은 사람치고는 제법 잘 친다고 했는데 시간이 가면서 젊은 층이 많이 들어오다 보니까 나이 많은 나 같은 사람은 서서히 밀려나 칠 상대가 없어지더라고요.

거기다 샛별이 아버지도 정년퇴직하고 집에서 혼자 둘째 딸의 젖먹이를 돌봐주면서 점심을 끓여 먹고 있는데 미안한 생각이 들어 한 5년 다니다 그만두었지."

"예, 교장 선생님이 혼자 집에서 손자를 봐주면서 밥을 해 먹어요?" 하며 센터장이 신기하다는 듯 물어본다.

"원래 학교 교장이란 사람들은 학교에서 혼자 교장실에서 보내잖아,

그러니 혼자 있는 것은 통달한 사람이지.

그리고 밥해 먹는 것은 시골에서 근무할 때 자취생활을 많이 해 봤으니까 잘 알고 있고,

밥은 지금도 나보다 훨씬 더 잘하는데.

그런데도 처음에 불평하더니 잘 보내더라고."

"여하튼 우리 위원장님도 대단하셔,

탁구를 그만둔 다음 지금은 무엇을 하시며 시간을 보내나요?" 하고 하늘이 어머니가 묻는다.

지금은 샛별이를 위한 시설을 만들겠다고 전에 사 놓은 시내 변두리의 밭이 700여 평 있는데 그곳에다 컨테이너와 비닐하우스를 한 동 지어놓고 3월에 완두콩을 시작으로 해서 11월 말경 서리태를 수확할 때까지 밥만 먹으면 샛별이 아버지와 밭에 가서 세월을 보내며 살고 있답니다."

"농사일이 힘들지 않아요?" 하고 꽃님이 어머니가 신기하다는 듯 묻는다.

"아직은 할 만하지요.

그리고 우리 두 사람 다 농부 집 아들과 딸이잖아요."

"아니 교장 선생님이 언제 농사일을 해 봤겠어요?"

"아니야.

우리 샛별이 아버지는 어려서 집이 어려워 고등학교에 다니다 그만두고 2년간 지게질을 하며 농사일을 하다 다시 공부를 시작한 사람으로 내가 보기에도 신기하게 농사일을 잘한다오.

그리고 원래 사람 사귀는 것을 좋아했던 사람인데 우리 샛별이를 키우면서 성격에 변화가 일어났나 학교에서 만났던 좋은 친구들을 다 끊어내고 그동안 해왔던 친구 모임도 하나둘 빠지며 샛별이 하고만 보내는 사람이잖아요.

그러다 보니 그런 갈등을 이겨 내고자 밭에만 쫓아다니는 사람으로 성격이 변해 버렸지."

"참 대단한 분이시네요.

샛별이는 얼마나 행복할까?" 남편과 이혼한 천호 어머니가 한숨을 내쉬며 부러워한다.

"이런 생활 속에 샛별이가 조금씩 나아지겠지 했는데 세월이 흘러도 변화가 없잖아요."

아까 천호 어머니 말씀대로 같은 다운증후군인데도 천호는 책도 읽고 컴퓨터로 게임도 하고, 전철을 타고 서울 마포구 상암동까지 찾아다니는데 우리 샛별이는 글씨는 그만두고 말은 학교에서 전문과정까지 다닌 녀석이 숫자를 열까지도 제대로 세지 못하고 알지도 못하니 답답할 노릇이지요."

"아니, 그런데도 전문과정에서 받아 준 모양이네요?" 하며 봉우 어머니가 이상하다는 듯이 바라본다.

"전문과정이 그때 처음으로 생겼잖아요.

그러다 보니 결원이 있어서 들어간 것이겠지." 하자

"어디 그뿐이겠어요?

샛별이 아빠가 학교에 있고 어머니가 운영위원장이니 그 배경이나 이용 가치가 있으니까 받아 주었겠지요." 하며 윤정이 어머니가 조금 불만스러운 표정으로 말을 한다.

"뒤에 알고 보니 샛별이는 지능이 35 이하라 측정을 제대로 할 수도 없는 아이라는 것을 알게 되었답니다.
그러다 보니 글자는 그만두고 숫자도 알지 못하며 말을 해도 대화가 되지 않고 앵무새처럼 따라서 하잖아요."
"아니, 어떻게?"

"예를 들어 보면
'밥 줄까?' 하면 '응'이나 '예'라고 대답하는 것이 아니라
'밥 줄까~?'라고 되묻는다든지
'노래 틀어 줘?' 하면 네라고 대답을 하는 것이 아니라
'틀어 줘~' 하고
'밖에 나갈까?' 하면
'나갈까~' 하고 대답하는 아이지요.

그리고 세 마디 이상 되는 말은 끝에 한마디만 따라 하지요.
'샛별이, 아빠랑 공원에 나갈까?' 하면
앞에 말은 모두 생략하고
'나갈까~'라고 대답하는 사람이지요.

어디 그뿐이겠습니까?
어려서부터 남의 흉내를 잘 내지요.

특히 저희 아빠가 하는 흉내를 그대로 합니다.

저희 아빠가 엄지손가락을 치켜들고

'샛별이 최고' 하면

저도 엄지손가락을 치켜들고 뒷부분만

'최고~' 하며 흉을 내던지,

손바닥으로 손뼉을 치면 똑같이 따라서 손뼉을 치는 앵무새 같은 인간이라고 할까요.

그러다 보니 저 스스로 하는 것이 하나도 없답니다.

배가 고파도 먹을 것을 달라고 할 줄도 모르고

나이가 제법 먹을 때까지 대변본다는 말을 못 해 눈치를 보고 이 녀석이 변을 보고 싶어 한다는 표정을 읽고

'새별이 화장실 갈까?'라고 물어봐야 그때서야

'갈까~' 하는 사람이다 보니 늦게까지 실수를 했답니다.

그러다 어느 날 주간 보호센터에서 실수하고 선생님에게 단단히 혼이 났나 주간 보호센터를 안 가려고 하더니 그 다음부터

'똥? 똥?'이라고 의사표시를 하더라고요.

그러면서 아침을 먹고 주간 보호센터에 가기 전 꼭 화장실에 들어가는 습관을 들이지 뭡니까?" 하자

센터장이

"샛별이 어머님,

그러고 보면 혹시 어려서부터 너무 귀엽고 장애아이라고

하여 오냐오냐하면서 키워 더 그러하지 않을까요?"

"글쎄, 그럴지도 모르지요.

저희 아빠가 너무나 아이를 감싸고 든다고 해서 종종 부부싸움도 많이 했으니까요.

그런데 내 눈에는 너무 안쓰러워 나무랄 수가 없는걸요.

하긴 아이 아빠가 이 아이가 어릴 때 특수교육 연수를 받고 와서 하는 이야기가 이런 아이들이 가장 필요로 하는 것은 혼자 생활할 수 있는 자립심을 길러 줘야 한다고 수없이 말을 했고,

나도 교육받으면서 많은 강사로부터 자립심을 길러 주어야 한다고 들어 왔지만 한 번 두 번도 아니고 수없이 같은 말을 하다 보면 아이가 안쓰럽기도 하고 나도 지쳐 포기하고만 것이지요."

"그려요. 말은 쉽지,

우리 아이들 교육이 일반 아이들과 같이 마음대로 되나요?" 하며 천호 어머니가 장단을 맞춰 준다.

그러자 센터장이

"그럼 요즘은 전보다 말을 잘 듣는 편입니까?"

"서른 살이 넘으니까 전보다는 무엇인가는 모르지만, 조금 어른스러워진 것 같다는 느낌이 들 때가 있지요."

"혹시 어떤 점이?"

"전과 같이 막무가내로 생떼를 부린다든지 하는 것은 많이 없어진 것 같아요.

지금은 말로 달래면 수긍을 하면서 조금씩 이해를 하는 것 같기도 하니까요."

"그려요. 나이를 먹어가면서 조금씩 달라지기는 하는 것 같아요."

"그런 것 같아요.

분명 나이를 먹어가면서 달라지니까 살지 그 아이들이 어렸을 때 같으면 어디 살을 수 있겠어요."라고 옆에서 한마디씩 거든다.

"그럼 지금은 별로 문제가 없나요?"

"왜 문제가 없겠어요.

우리 부부는 언제나 한 사람은 이 아이와 떨어져 있을 수가 없답니다.

아이가 어렸을 때 종종 없어져 난리를 피우곤 했는데 그때는 손목에 전자 팔찌를 차고 있어 주변 사람들이 연락을 해줘 찾곤 했지요.

그런데 나이를 먹으니까 전자 팔찌 차는 것을 싫어해 없앴지요.

그리고 그동안 아이가 학교에 다녔고 학교를 졸업한 후에는 주간 보호센터에 다니다 보니 아이가 싫어하는 것을 굳이 채워 줄 필요성을 느끼지 못했는데 쉬는 날 문제가 두 번이나 일어났잖아요."

"무슨 일이 있었는데요?"

"휴일이면 아이가 늦잠을 자서 한동안 우리 부부는 새벽에 산책하러 나다녔지요.

제 아빠는 새벽 4시만 되면 일어나 새벽 운동을 하기 시작한 지가 10년 가까이 되는 사람입니다.

나도 전에 산에 다니는 습관이 있어 아침 산책을 해 왔던 사람인데 애 아빠가 정년퇴직한 다음에는 아침 시간을 빼앗기고 말았잖아요.

하긴 빼앗긴 것보다는 나 스스로 포기했는지도 모르지만.

이런 와중에

휴일이면 아이가 늦잠을 자 푹 자게 놔두고 나도 같이 근 한 달 가까이 새벽 운동을 나갔잖아요.

처음에는 설마설마하면서 몇 번 나다니다 문제가 없는 것 같아 이제는 아침에 나가도 되겠다고 생각하며 마음 놓고 나다녔지요.

그런데,

아직 추위가 가시지 않은 이른 봄인데 둘이 뒷산에 올라갔다 두 시간 가까이 새벽 운동을 하고 와서 보니 아이가 없잖아요.

그래서 평소 나와 같이 잘 다니는 대형 마트랑 그 애가 좋아해서 휴일이면 꼭 한 번씩 들리는 노래방을 가 봐도 보이지가 않았지요.

옷은 잠옷 바람으로 양발도 신지 않은 채 어디로 간 것인지 보이지 않으니 우리 부부는 애가 달았답니다.

둘이 갈 만한 곳은 다 찾아봐도 보이지 않으니 별수 없이 지구대에 신고하고 집에 들어와 창밖만 멍하니 바라보고 있으니 기가 차잖아요.

나이가 30살이나 되는 사람이 제집을 찾아올 줄을 아나 찾아와도 들어올 줄을 아나?

이런 생각 저런 생각 하면서 서너 시간을 기다리고 있는데 지구대에서 연락이 왔지요."

"얼마나 고마울까?" 꽃님이 어머니가 안쓰럽다는 표정을 짓는다.

"그런 일이 있고 나서 애 아빠가 절대로 이런 일이 다시는 일어나지 않게 하자고 몇 번이나 다짐을 받잖아요.

그러면서

'이런 일이 한 번 일어날 때마다 내 수명이 10년은 단축되는 것 같다'고 말하는데 무어라 변명을 할 수가 없었지요."

"얼마나 애를 태웠으면 그렇겠어요."

"그러게 말이야."

"애도 아니고 다 큰 사람이 내복 바람으로 나갔으니 부모 마음이 어떻겠어." 하며 모두 측은해한다.

"그런 일이 있고 나서 몇 날이 지나자 경찰서라며 전화가 왔지."

"왜요?"

"글쎄, GPS(자동 위치 추적 시스템)를 줄 테니까 샛별이에게 채워 주라고 하잖아요.

그러면서 자기들도 가출 신고가 들어오면 신도 아니고 찾는 것이 난감하니까 자동 위치 추적기를 채워 주면 아이가 어디에 있는지 쉽게 찾을 수 있다고 말하잖아요."

"GPS를?" 하며 천호 어머니가 신기하다는 듯 귀를 쫑긋 세운다.

"그래서 나는 잘 몰라 샛별이 아버지를 경찰서에 가보라고 했지."

"그래서 채워줬나요?"

"아니요.

샛별이 아버지가 GPS를 받아 가지고 와서 이것은 치매 노인들을 위하여 국가에서 무료로 주는 것인데 사용해 보라고 하면서 주었다고 나에게 사용 방법을 자세히 설명해 주잖아요.

그리고 샛별이가 주간 보호센터에서 돌아오자마자 손목에다 채워주더니 무슨 생각이 떠올랐나 바로 풀어내면서

'여보 우리 이것 채우지 맙시다.' 하잖아요.

그래서 내가

'왜?' 했더니

'우리가 조금만 더 신경 쓰면 되지 않겠어요.'라고 말하는데 내 눈에서 눈물이 고이잖아요."

"그래서 채워주지 않았나요?"

"예,

그 후로 교대로 아이 옆에서 떨어지지 않고 살고 있는데

그 후 또 문제가 터지고 말았지."

"또 나갔나요?"

"예,

그 후 1년쯤 지나서 또 문제가 터졌지요.

아이가 아까 이야기한 것처럼 말을 하면 말귀를 알아듣는 것 같더라고요.

그래서 저희 아빠가 없으면

'샛별아, 엄마 잠깐 나갔다 올게' 하면

'예'라고 대답해서 가까운 데는 잠깐 나갔다 오곤 했지요.

그러다 문제가 터진 것이 아니요.

일요일 날 애 아빠는 산책하러 나갔고 나는 이 녀석이 늦잠을 자길래, 잠깐 나갔다 들어왔지.

내가 집에 들어서자 애 아빠가

'왜 혼자 들어와?' 하길래

'그럼 누구랑 들어와?' 하니

'샛별이는 같이 안 나갔어?'

'아니'하고 대답하고 보니 샛별이가 보이지 않잖아요.

샛별이 아빠는 집에 들어와서 애가 보이지 않자 나와 같이 아침 산책하러 나간 것으로 생각하고 있었는데 혼자 들어

오니 어이가 없었든 모양이야요.

그런데 이번에는 옷을 다 챙겨 입고 나갔지요.

아파트 경비 아저씨한테 물어보니 후문 쪽으로 갔다는데 보이지가 않으니 둘 다 얼굴이 누렇게 떠가지고 갈만한 곳은 다 찾아보았지만 보이지 않아

별수 없이 지구대에 신고해 놓고

얼마나 찾아다니다 기진맥진하여 아파트 방송실에 이런 사람 혹시 보지 않았냐고 주민들에게 방송을 부탁하자 애 아빠는 창피해서 못 살겠다고 화를 내며 자기가 다시 한번 더 찾아보겠다고 나가잖아요.

그러더니 한 20여 분 있다가 아이를 데리고 들어오지 뭡니까.”

“어디서 찾았을까?”

“우리 집은 아파트 307동인데 제 셋째 누나가 같은 아파트 305동 사는데 제 누나네 아파트 출입구 앞쪽 정원의 의자에 앉아 있더라며 데리고 들어 왔지요.

아마 제 딴에는 엄마를 찾으려 제 누나네 집에 갔다가 현관을 못 들어가니 그 앞 정원 의자에 앉아 있었는지 모르지만, 대화가 되지 않으니 그놈의 속을 누가 알겠어요.

그 일이 있은 다음 애 아빠가 한동안 말을 안 하더라고요.”

“왜요?”

"화가 나서 그렇겠지."

"그런 일이 있고 나서는 내가 나간다고 하면 자기가 절대로 집을 나가지 않고 집에 있지요."

그러자 윤정이 어머니가

"두 분이 찾을 때는 왜 안 보였을까요?" 하며 의문을 제기한다.

"여름이라 정원에 숲이 있어 숲속 정원의 의자에 앉아 있는데 허둥지둥 대충 둘러보고 다니다 보니 못 본 것이지."

"집으로 연락할 수 있는 휴대전화를 사 주면 어떨까요?" 하며 안쓰럽다는 표정으로 하늘이 어머니가 말을 한다.

"왜 생각을 안 해 봤겠어요.

말이 되고 글씨를 알아야 휴대전화도 사주지."

"현관문이나 출입문 번호를 못 누르나요?"

"숫자를 알아야지,

그 애가 하는 것은 엘리베이터에서 우리 집 번호를 누르는 것 하나뿐이지요."

그것도 수없이 반복을 거듭해서 가르쳐 주었으며, 나이가 제법 먹어서야 터득한 것이니 얼마나 답답하겠어요.

한 번은 샛별이 아빠가 퇴직하고 심심하다며 자기 아들 생각해서 그랬는지 '장애인 활동 보조사' 자격증을 취득해 보겠다고 2주간 교육을 받으러 다녔잖아요.

그런데 교육받는 동안 강사 한 분이 서울에서 휠체어를 타고 지방에까지 강의를 다니는 것이 신기해서 자기 아들에 대하여 상담을 해 보았다잖아요.

그 사람과 상담한 내용을 옮겨 보면
'강사님 제 자녀 중에 장애인이 한사람 있는데 장애인에 대한 상담 좀 하고 싶은데 괜찮을까요?' 하자
그 강사는 시큰둥한 표정으로
'말씀해 보세요' 해서
'제 아이는 다운증후군인데요?' 하자 더 들어보지도 않고
'다운증후군인 사람들은 괜찮아요.
걱정하지 마세요.' 해서
'글씨도 모르고 대화가 되지 않는 지능이 30 이하인 아주 저능아인데요' 하자
'다 부모님이 계시니까 엄살을 부리는 것입니다. 걱정하지 마시고 재산이나 마련했다 물려주세요.' 해서

'재산은 그 아이에게 내 연금의 60%가 나오니까 별로 걱정은 안 해도 됩니다.'고 했더니
'그 아이는 복받은 아이구먼요. 아무 걱정 하지 마세요.
부모님이 안 계시면 다 제 살 궁리를 한답니다.' 해서 더 말을 못 했다잖아요.
그리만 되면 얼마나 좋겠어요."

"너무 걱정하지 마세요.

그 강사님 말이 맞을지 누가 압니까?" 하고 센터장이 강사 말을 두둔한다.

그러자 지금까지 조용히 이야기만 듣고 있던 윤정이 어머니가

"제가 알기로는 샛별이 어머님은 간혹 해외여행도 다니신다고 이야기를 들은 것 같은데?"

"해외 여행요?

전에는 더러 다녔지요.

그 아이가 어릴 때는 저희 누나나 친정어머니가 아이를 봐줘서 부부간이 몇 차례 해외여행을 다녀오기도 했답니다.

그러다 아이도 크고 딸들이 시집가니 더 갈 수가 없었지요.

그래서 해외여행은 포기하고 있는데 아빠가 퇴직하고 나자 자기가 봐준다고 하여 몇 차례 다녀왔습니다.

그러다 나만 나다니는 것이 미안하여

터키를 다녀와서 터키가 너무 좋아 샛별이 아빠도 한번 가보라도 했더니 같이 갈 친구가 없다며 마다하는 것을 자꾸 권하니까 못 이기는 체하면서 나갔다 오더라고요.

그러더니 재미를 붙였나 매년 나가는데 샛별이 녀석이 저희 아빠가 없으면 처음 삼사일은 가만있다가 그다음부터는

아빠를 얼마나 찾는지 견딜 수가 없더라고요.

저녁이면 자지 않고 아빠한테 간다며 옷을 다 챙겨 입고 밖으로 나가자고 조르니 견딜 수가 있어야지요.

그래서 애 아빠한테 그 이야기를 했더니 알았다며 그다음부터는 여행을 가지 않더라고요.

그러면서 나보고 가라고 해서 나는 찾지 않느냐고 물어보니 아이가 조금 기가 죽어 있어서 그렇지 별로 걱정할 정도는 아니라고 하는데 잘 모르겠어요.

나를 안심시키기 위한 것인지 정말로 나를 찾지 않는 것인지?"

"평소 아빠를 좋아하는 모양이지요?"

"예, 아빠를 좋아하지요.

그이가 퇴직하고서는 휴일만 되면 샛별이와 둘이 성거산 임도를 샛별이가 좋아하는 노래를 들으면서 근 2시간씩 산책한답니다.

그런가 하면 매일 아침저녁으로 씻겨줄뿐더러 어떤 일이 있어도 1주일에 목욕을 한두 번은 꼭 시켜주니 좋아할 수밖에.

그러다 보니 내가 보살필 때는 발톱에 무좀이 심했는데 그 무좀이 싹 없어지더라고요.

그리고 내가 보살필 때는 바쁘다는 핑계로 양치질도 제대로 해 주지 못해 이가 모두 상했는데 지금은 제 아빠가 아침저녁으로 꼭 양치질해 주고 있지요."

"아니 제가 양치질도 못 합니까?"

"못하는 것이 아니라 양치질을 하라면 치약만 짜서 하는 흉내만 내고 제대로 하지를 못하지요.

우리 샛별이는 세수도 물만 묻히는 고양이 세수를 하여 매일 아침저녁으로 제 아빠가 씻겨주는 사람입니다." 라고 하자

아이 아빠와 떨어져 사는 하늘이 어머니가

"샛별이 아빠가 아주 자상하신 모양이네요." 하며 부러운 표정을 짓자

이혼한 천호 어머니도 한숨을 쉬며

"샛별이는 얼마나 좋을까? 우리 천호는 집에 오면 매일 혼자 있는데..." 하고 한탄을 한다.

그러자 남편이 없는 꽃님이 어머니도

"그것도 다 제 복이겠지요." 하며 부러운 표정을 짓자

샛별이 어머니는

"내가 푼수인가 봐 너무 필요 없는 말을 많이 했네." 하며 무안한 표정을 짓자

하늘이 어머니와 천호 어머니는

"아니에요."

"얼마나 좋은 일이에요." 하며 손사래를 친다.

이렇게 해서 샛별이 어머니까지 이야기를 마치자

센터장이

"어머님들 감사해요.

시간도 많이 되었으니 이제는 안쓰러운 이야기는 여기까지만 하고 이번에는 우리 아이들로 인해 행복했던 일도 더러 있었을 것 같은데,

지금까지 살아오면서 우리 아이로 인하여 행복했던 일이나 즐거웠던 일을 한번 회상해 보시지요."라고 하면서 이야기 주제를 바꾼다.

9. 피할 수 없는 운명

10. 모든 것은 내 마음속에

2020. 4. 26. 진하해변 조형물

인간의 행복과 고통은 자기 자신의 마음에 있다. 마음이 행복하다면 행복할 것이고 마음이 불행하다면 불행할 것이다. 비록 발달장애 아이를 보살피고 있지만 그 자녀가 행복을 가져다준다고 생각하면 행복이 올 것이고 불행을 가져다준다고 생각하면 불행이 올 것이다.

그동안 가슴속에 쌓여 있던 말 못 할 이야기를 쏟아 내서 그런지 분위기는 무거웠지만, 초저녁보다 완전히 달라졌다.

서로의 눈빛이나 이야기하는 모습이 친자매와 같이 부드러워졌으며 서로 격려해 주고 안쓰러워해 주는 마음이 한결 가볍게 느껴졌다.

밤이 깊어 새벽이 오는지 어디에서 들려오나

"꼬끼오 ~~~꼬오~옥"

"꼬끼오 ~~~꼬오~옥" 하는 새벽닭 울음소리가 들려온다.

그러자

샛별이 어머니가

"그럽시다.

어차피 풀어 놓은 이야기보따리 다 떨어버립시다." 하자

센터장이

"그럼 이번에는 지금까지 위원장님이 이야기하셨으니까 오른쪽으로 돌아가면서 아이들로 인해서 행복했던 일들을 회상해 보시죠."

그러자 위원장의 오른쪽에 앉은 꽃님이 어머니가

"나부터 이야기해야 하는 모양인데 우리 꽃님이가 나에게 준 행복은 무엇이 있을까?" 하고 조금 뜸을 들이더니

"꽃님이는 첫아이라 집은 가난하고 일은 바쁘지만, 저희

아버지가 무척이나 예뻐했지요.

그래서 그 아이의 이름을 꽃같이 예쁘다고 꽃님이라 지어 주었답니다.

그 아이가 복덩이라 그런지 모르지만, 아이를 낳은 후 아빠 사업이 잘되어 모든 것이 꽃님이 덕이라고 자랑하고 다닌 적이 있었지요.

그리고
지금 내가 사는 것은 모두 꽃님이 때문이라 생각합니다.

아이 아빠가 불행을 당하고 나서, 내가 시름에 젖어 있을 때 다시 용기를 내어 살게 만들어 준 것도 꽃님이라고 생각하며 살고 있지요.

또한 매일 절에 가서 부처님께 기도하는 것도 꽃님이 덕분이라 생각합니다.

아마 지금쯤 그 아이가 없었으면 혼자 외로워하며 살고 있을 텐데 미우나 고우나 늘 서로 의지하며 살 수 있으니 이것보다 더한 행복이 어디 있겠어요." 한다.

그러자 옆에 앉아 있던 하늘이 어머니가
"어쩌면 저와 똑같은 생각을 가지고 계시네요.

저도 하늘이가 없었으면 지금 내가 어떻게 살고 있을지 상상이 되지 않지요.

설마 남편이 해외로 나가지 않았을는지는 모르지만 사람 일을 누가 알겠어요.

하늘이가 없었으면 혹시 혼자 사는 신세가 되지 않았을까? 하는 마음에 위안으로 삼으며 살고 있습니다." 하며 간단하게 이야기를 마치자 미처 생각을 못 했는지

천호 어머니가 머뭇거리다
"저는 무슨 말을 해야 좋을지 모르겠네요.

어찌 보면 아이 아버지와 헤어진 것이 천호 때문인 것 같기도 하고 달리 생각하면 아닌 것 같기도 하고 알 수가 없으니.

다만 지금은 그 아이가 아니면 살 수가 없지요.

간혹 말썽을 부려 화가 날 때도 있지만 천호가 저희 엄마 챙기는 것을 보면 눈물이 날 정도로 고맙지요.

비록 없이 살아 낮에 일터에 가서 손님들과 온종일 시달리다 집에 들어오면 이 녀석이 집 안을 깨끗이 정리해 놓고 반가이 맞이해 주는 것보다 더한 행복은 없지요.

남들이 천호를 바보라고 놀려도 죽을 때까지 나와 같이 살아 줄 사람은 천호뿐이니 아무런 근심 걱정이 없는 그의 밝은 표정을 보면서 행복을 느끼며 살고 있답니다."라며 말을 마친다.

그러자 센터장이
"봉우 어머니 말씀을 들어 볼까요." 하자
봉우 어머니가
"다 같은 이야기지요.

우리 집도 아들이 봉우 하나잖아요.

그러다 보니 처음에는 기대도 컸는데 아이가 지적장애라는 것을 알게 된 다음부터는 이것이 나에게 주어진 숙명이라고 생각하며 살고 있지요.

행복한 이야기를 하라고 하는데 특별히 행복하다고 할 것은 없고 이 아이로 인한 우리 부부의 행복이라면 아들을 낳아서 속을 썩이는 자식을 둔 부모보다는 말썽을 피울 줄 모르는 우리 봉우가 효자가 아닌가 하는 생각을 가지고 살아가지요.

그러다 보니 이 아이로 인해 지금은 속 썩을 일도 없고, 돈이 들어갈 것도 없으며 특별히 아픈 곳 없이 건강하게 살아가고 있다는 것이 행복일 것 같네요.”

“저도 봉우 어머니와 같은 생각입니다.

우리 윤정이도 세상에 그보다 더 착하고 선한 사람이 어디 있겠어요.

매일 밝은 웃음으로 웃어주는 딸의 웃음은 바로 천사의 웃음이지요.

우리 부부는 그 아이의 환한 웃음을 바라보며 살아간답니다.

지금까지 아이를 가지고 속을 태운 것은 아이가 어렸을 때 공부를 못하고 남으로부터 놀림을 받을 때 부모로서 가슴 아프고 속이 상했으나 그것은 알고 보면 아이 아버지나 나의 욕심 때문이었지 아이 때문이 아니라는 것을 깨달았지요.

우리 아이는
남의 것을 부러워하지도 않고
남의 것을 뺏으려 하지도 않고
여자라고 멋을 부리며 화장을 하려 하나
주면 먹고 안 준다고 달라고를 하나
아니면 못된 짓을 하나
부모로서 크게 신경 쓸 일이 있나?

다만 이런 착한 아이를 부모가 자기 욕망을 버리지 못하고 다른 아이와 비교하니까 스스로 괴로운 것이었지요.
우리 부부는 부모로서 아이에 대한 욕망을 버리고 나니 내 아이보다 더 착하고 예쁘고 아름다운 여자는 이 세상에 없다는 것을 깨닫게 되었지요." 하자

센터장이
"윤정이 어머님의 말씀을 듣고 보니 인간의 도(道)가 무엇인지 알 것 같은 생각이 드네요." 한다.

그러자 샛별이 어머니가
"이제 나만 남았네.
나는 할 말이 많은데." 하면서 입을 추기자 하늘이 어머니가
"위원장님이 큰언니잖아요.
우리에게 인생 경험을 많이 들려주세요." 하자 다들 좋다

고 손뼉을 친다.

"나는 지금까지 우리 샛별이 때문에 불행한 줄만 알았는
데 이 아이가 우리 부부에게 가장 효자라는 것을 깨달았죠.
  그것은 2년 전 가을에 주간 보호센터에서 제주도로 여행
을 3박 4일간 다녀온 적이 있었잖아요." 하자
  "그려요. 저도 생각나네요." 하고 천호 어머니가 아는 체
한다.
  "아마 그때 하늘이는 아직 이곳에 오지 않았을 때고 나머
지 사람들은 모두 다 아이들이 다녀왔지요."

  "그랬을 거예요."
  "다른 때는 어머니들이랑 같이 갔는데 그때는 이용자들
의 자립심을 키워 준다고 센터장이 어머니들과 같이 가는 것
을 반대하여 주간 보호센터의 선생님과 이용자만 다녀왔지
요.
  그때 샛별이가 집을 떠나고 나자 우리 집은 4일간 늙은
두 부부만 남아있는데 집이 너무 적막하다는 것을 처음 느
껴 보았지요.

  샛별이가 여행을 떠난 날 저녁때가 되자 샛별이 아버지
하는 소리가
  '친구들이 가끔 손자 타령을 하기에 무슨 손자 타령이냐
고 핀잔을 줬더니 오늘 조금 알 것 같네.

집에 샛별이가 없으니까 우리 집이 사람 사는 것 같지 않으니?'라고 하잖아요.

오후 5시만 되면 샛별이가 주간 보호센터에서 돌아와 집에 생기가 돌았는데 그가 없자 두 늙은이만 있으니 너무 조용하고 적적한 것이 기분이 이상하잖아요.

우리 부부는 그때서야 처음으로 우리 집에 샛별이가 있어서 활기가 차고 행복하다고 하는 것을 깨달았답니다.

나이 먹은 할아버지와 할머니가 왜 손자 타령을 하는지 알 것 같더라니까.

그동안 아이가 발달장애인이라고 불평만 했지 그 아이가 우리에게 주는 가족 구성원으로서의 고마움과 행복을 몰랐던 것이지요.

그런 경험을 한 후 아이에 대한 불만보다 그 아이가 있음으로써 더 행복하다는 것을 깨달았답니다.

그것을 깨달은 그 애 아빠가 아이에 대해서 더 잘해 주더라고요.

그리고 그 애들의 천진난만한 웃음이 얼마나 아름다워요.

아무런 욕심이 없는 샛별이의 환한 웃음을 보면 절로 기분이 좋아지지요.

그리고 보면 우리 인간의 행복은 그 사람의 마음속에 있다는 생각이 들지요.

아무리 어려움이 닥쳐도 쉽다고 생각하면 어렵지 않게 해

10. 모든 것은 내 마음속에

결할 수 있는데 어렵다고 생각하면 더 어려워지는 것이 아닌가 생각합니다.

그 아이들이 장애인으로 태어나고 싶어서 태어난 것도 아니고

또 우리가 원해서 태어난 아이들이라는 것을 깨닫는다면 이런 아이를 만난 것도 하나의 행복이라 믿습니다."

"맞아요.

역시 큰언니는 무엇이 달라도 다르다니까." 하며 하늘이 어머니가 칭찬한다.

11. 어머니의 마지막 소원

2020. 12. 13. 포항 호미곶 조형물

내 자녀가 고통받지 않고 이 세상에서 편안하게 살다 가
게 해달라고 하늘에 호소하는 발달 장애인 어머니의 마음이
구름 속에 갇혀 버린 하늘에게 동해의 푸른 물결 속에 아름
답고 웅장한 일출을 보여 달라고 손을 내민 모습이 아닐는지

'서~쪽'

'서~쪽'

날이 밝아오는지 먼 곳에서 아련하게 소쪽새의 울음소리가 처량하게 들려온다.

활짝 걷어놓은 커튼 사이로 창밖 정원에 활짝 핀 하얀 목련꽃이 가로등 불빛에 방안을 엿보는 듯한 모습이 봄바람에 나부끼며 흔들거리고 있다.

이제는 이야깃거리도 없는지 모두 조금은 지친 표정이면서도 기분이 개운한 모습들을 보인다.

테이블 위에 어수선하게 놓여 있던 음료수와 컵들도 나름대로 정돈되어 깨끗해졌으며 서로 헤어질 준비를 하는 모습들이다.

위원장인 샛별이 어머니가 먼저 나서 한마디 한다.

"오늘 누구의 눈치도 볼 것 없고 그동안 마음속에 쌓여 있던 가슴앓이를 풀어 놓으니 싹 가시지는 않았지만, 어느 정도 기분이 풀렸으리라 생각됩니다.

시간도 날이 곧 밝아올 것 같으니 마지막으로 마음속에 담고 있는 소원이 있으면 한마디씩 이야기해 봅시다.

혹시 서로 도움을 줄 수도 있을지 누가 알겠습니까?" 하자

다들 좋다고 한다.

그러면서 다들 큰언니부터 이야기해 보라고 하자

샛별이 어머니는

"우리는 샛별이가 어렸을 때는 다운증후군이란 것을 잘 몰라 괴물이 태어난 줄 알고 사람들을 피해 한적한 곳에 숨어서 살자고 변두리에 집을 짓고 살만한 곳도 두어 군데 땅을 장만했었지요.

그러다 생각이 바뀌어 우리 부부가 죽은 후까지 생각해서 애 아빠가 퇴직하고 나서 운영할 수 있는 시설을 하나 만들어 아이와 같이 살다가 우리가 죽으면 저희 누나 중 한 사람에게 관리하도록 하여 아이가 살 수 있게 해 주면 어떻겠냐는 생각을 하게 되었지요." 하자

봉우 어머니가 나서

"이사장님과 같은 생각이었네요.

샛별이 아버님은 충분히 시설을 운영하실 수도 있으실 것 같은데."라며 장단을 맞춘다.

"그래서 처음에는 이곳저곳 한적한 땅을 물색하려 시내 변두리를 구석구석 다 찾아다녀 보았지요.

그러나 마땅한 장소를 그리 쉽게 구할 수가 없었답니다.

조금 좋은 장소는 돈이 너무 비싸고 우리가 가지고 있는 돈에 맞추려니 너무 산골이나 구석이고 …… ?

그러다 애 아빠가 퇴직하고 나서 이쪽 분야를 알기 위하여 '시 장애인복지협의회 이사'와 '장애인 부모협의회 이사'로 들어가 회의에 몇 번 참석해 보더니 무슨 생각이 들었나

다 손을 떼더라고요.

　아마 시설을 만들어 자식에게 물려줄 생각을 하다가 우리의 책임을 자식들에게 물려 줄 수 없다는 생각이 들었나 봐요.

　그러면서 하는 소리가 핑계인지 모르지만

　자기는 '장애인 복지협회'나 '장애인 부모협의회'에 들어 있는 이사님들과 생각이나 성격이 다른 것 같다며 두 군데 다 이사직을 그만두더라고요.

　아마 전부터 해 오던 분들로부터 견제 받는 느낌을 받았나 봐요.

　그러는 와중에 나이는 점점 먹어 늙어가니 이제는 다 포기하고 아이 앞으로 집을 하나 장만해서 도우미를 해줄 사람을 구해 부모 대신 역할을 할 수 있게 해 주면서 같이 생활할 사람을 구해주면 어떨까 하는 생각을 하고 있지요.

　그리고 그 아이에게 들어가는 돈은 애 아빠의 연금에다 우리 재산을 '장애인 증여세 면제 신탁[17]'으로 신청하여 물려주면 별로 걱정하지 않아도 될 것 같다는 생각을 하고 있답니다.

　그리고 후견인은 누나가 셋이나 있으니까 누가 한 사람 나서서 특별히 보살펴 줄 수 있도록 하면 어떨까? 라고 생

---

17. 장애인 신탁은 장애인을 위해 일정 재산을 금융기관에 맡겨 운용함으로써 부모 사망 이후에도 생활자금이 안정적으로 지급되는 제도이다. 2022년 현재 장애인 신탁의 증여세 면제 한도는 5억 원이다.

각하고 있지요.

그러나 마음과 같이 잘 될지는 모르겠네요.”

“참, 생각을 많이 하셨네요.

우리도 그와 비슷한 생각을 하고 있지요.” 하며 하늘이 어머니가 나섰다.

“우리 집은 일단 하늘이 아빠가 퇴직하고 집으로 들어와야 구체적인 계획이 나타나겠지만 지금 제 생각에는 이 아이가 없으면 내가 못 살 것 같은 마음이 들지요.

혹시,

나이를 먹다 보면 몸과 마음이 지쳐 더 이상 보살필 수 없으면 시설로 보내야 하는 것이 아닐까? 하는 생각이 종종 들기도 합니다.”

“그려요,

우리 천호도 지금 같은 모습으로 살아간다면 결국 시설로 가야 할 것 같은데 어디서 받아줄지 마음만 답답합니다.

샛별이나 하늘이는 아버지가 든든하게 계시니 걱정이 없을 것 같은데 우리 천호는 아버지마저 자기 분수를 모르니 답이 없네요.

내가 나이를 더 먹으면 우리 이사장님에게 부탁하여 청송원에서 받아 주었으면 하는데 모르겠네요.

센터장님이 그때까지 계시면 말씀 좀 잘 드려달라고 부탁드릴게요.” 하며 센터장을 바라보며 미소를 띤다.

그러자 센터장도 웃으며

"그러시어.

그 정도 부탁이야 못 들어 드리겠어요.

그런데 내가 그때까지 이곳에 근무할지 모르겠네요." 한다.

"오늘 여기서 어머니들의 이야기를 듣고 보니 우리 집도 윤정이의 장래를 위하여 서서히 준비해야겠다는 생각이 드네요.

전혀 생각을 안 해 본 것은 아니지만, 지금까지 약이나 잘 먹이고 불편하지 않게 해 주는 것이 부모 역할인 줄 알았더니 앞으로는 그와 헤어진다는 생각을 많이 해야겠네요.

간혹 아이 아빠와 샛별이 어머니와 같이 그룹-홈 생각을 종종 해 보았는데 큰 딸이다 보니 정이 들어서 그런지 내놓지 못하고 있지요.

아까 이야기 나온 장애인 부모회에도 처음에는 들어갔다가 좀 더 지켜본 다음에 생각하자며 빠져나왔는데 그곳도 알아보고...

지금같이 제 동생이 끝까지 결혼하지 않고 혼자 산다면 두 남매가 같이 사는 것도 괜찮을 것 같은데, 그리되면 작은 딸한테 너무 죄를 짓는 것 같고, 더 늙기 전에 고민을 많이 해 봐야 할 것 같네요."

"우리 봉우도 천호와 같이 결국은 시설에나 가서 살아야 할 것 같아요.

외모는 멀쑥하게 생겼어도 저 혼자 하는 것이 하나도 없으니 혼자는 살 수 없을 것 같고

제 동생이 여자이니 보살펴 주라고 할 수도 없을 것 같으니

우리 부부가 늙으면 별수 없이 시설로 가야만 할 것 같아요?

나도 센터장님에게 미리 부탁드리지요.

우리 봉우도 이사장님에게 잘 부탁드려 달라고?" 하자

센터장이 웃으며
"오늘 제 어깨가 무거워졌네요.

그리고 이곳에서 오래 근무해야겠네요.

너무 걱정하지 마세요.

혹시 제가 그만두더라도 다음 센터장에게 인수인계하고 갈 테니까요.

그리고 다음 월요일 날 이사장님에게 말씀드려 보지요.

지금 상황으로 보면 봉우나 천호 어머니는 젊어서 지금 이사장님보다 다음에 맡을 이사장에게 부탁해야 할 것 같은데."라고 꽃님이 어머니가 한마디 한다.

그러면서
"그러다 보니 나만 남았네요." 하며 꽃님이 어머니가

"나는 남편을 여의고 두 아이와 같이 살다 보니 꽃님이와 떨어져 산다는 것은 생각하지 못했는데?

내 나이가 70이 가까워지니 이제는 생각해 봐야겠네요.

지금까지 밥만 먹으면 절에 가서 불공드리러 오는 분들을 위하여 스님들을 도와주는 데에만 정신을 팔았지 내가 죽은 후의 꽃님이 생각을 못 해 봤으니 한심하다는 생각이 드네요.

지금 마음 같아서는 저만 반대하지 않는다면 내가 다니는 절에 보살로 들어가 살면 좋을 것 같은데 …

앞으로 많이 생각해 보고 꽃님이 하고도 이야기를 많이 해 봐야겠네요." 하자

샛별이 어머니가

"꽃님이 정도는 약만 잘 챙겨 먹으면 별로 문제가 될 것이 없을 것 같은데 어머니 말대로 보살님으로 사는 것도 좋을 것 같네요.

꽃님이는 말도 다 잘하고 제 의견도 표현하니 옆에서 누가 조금만 거들어 주면 살아가는데 아무런 걱정이 없을 것 같은데?"

이렇게 이야기하는 중에 날이 새는지 창밖이 서서히 밝아 온다.

창밖을 슬쩍 바라본 샛별이 어머니가

"날이 밝아 오는 모양이네요." 하면서 뜸을 들이더니

"여기 계신 어머님들

모두 30여 년이란 긴긴 세월 동안 어려운 가정을 꾸려가면서 황금보다 더 소중한 내 자녀가 정신발달 지체라는 베일에 가려져 살아가는 안쓰러운 모습을 지켜보면서 그 베일을 벗겨 보려고 발버둥 치며 살아온 인생길이 평생 벗어날 수 없는 농촌의 밭갈이 소에 걸린 멍에와 같은 속박과 고통 속에

인간의 힘으로써는 도저히 건너갈 수 없는 강을 건너보려고 평생을 몸부림치며 젊은 청춘 다 보내고 가슴에 남은 것은 치료할 수 없는 상처투성이만 남은 허울뿐인 인생이 되었지만 그래도 내가 낳은 사랑스러운 내 피붙이를 누구에게 맡기고 누구에게 부탁을 하겠소.

그래도 끼니 걱정 없는 좋은 세상 만나 굶주리지 않고 살아왔으며 청송원의 주간보호센터 같은 복지시설과 내 몸 헌신하며 사회에 봉사하는 수많은 복지사가 있는 것만 해도 천만다행이지 이마저도 없었다면 지금쯤 가정에서 아이를 돌보느라 어찌 살고 있을까? 생각만 해도 소름이 돋네요.

이런 아이가 내 품에 태어난 것도 내 복이요, 내 아이가 지적장애라는 장애인으로 태어난 것도 그 아이의 복이라 생

각하고 지금까지 잘 버티고 살아온 것 같이 앞으로도 열심
히 살아갑시다.

밤새 신세타령 많이 했는데 우리에게 주어진 운명을 무
엇으로 이겨내겠소.
이것도 내 팔자려니 생각하면서 행복으로 받아들여야지.

옛 고전인 채근담[18]에

세상만사 마음먹기 달려있으니
자기 마음에 따라 보기 싫은 것도 보기 좋은 것이 되고
좋았던 것도 괴로운 것이 된다고 하지 않습니까?

세상은 그대로인데 내 마음과 생각이
좋고 싫음을 결정하는 것이라니
우리 이런 아이를 만난 것도 다 내 복이라는 생각으로 살
아가야지요.” 하자

“역시 위원장님이 왕 언니여!” 하며 모두 손뼉을 치며 자
리를 박차고 일어난다.

뒷산에서는 뻐꾹새 울음소리가

---

18. 중국 명나라 문인 홍자성이 쓴 책, 유교, 불교, 도교의 깨우침을 담
은 책으로 마음을 다스릴 수 있는 고전문학책.

'뻐꾹 뻐꾹' 들려오고

앞산에서는
비둘기 울음소리가
'구르륵 꾸~욱 꾸~
구르륵 꾸~욱 꾸~' 봄을 알리는 소리가 들려온다.

하늘에 초롱초롱 빛나는 새벽 별을 바라보며
샛별이 어머니는
"내 눈으로 샛별이가 죽는 것을 보고 죽어야 내가 눈을 감을 것 같은데…"
하며 넋두리를 하자.

옆에서 듣고 있던 꽃님이 어머니가
"그러게 말이요.
그것을 혼자 놔두고 어떻게 눈을 감고 죽을 수 있겠어요."
라며 한숨을 내쉰다.

인간의 행복과 고통은 자기 자신의 마음에 있다.
마음이 행복하다면 행복할 것이고
마음이 불행하다면 불행할 것이다.

모정의 멍에

김복희 장편소설

2022년 7월 28일 초판 1쇄
2022년 8월 2일 발행
지 은 이 : 김복희
펴 낸 이 : 김락호
디자인 편집 : 이은희
기 획 : 시사랑음악사랑
연 락 처 : 1899-1341
홈페이지 주소 : www.poemmusic.net
E-Mail : poemarts@hanmail.net

정가 : 12,000원
ISBN : 979-11-6284-381-9

* 책 속의 사진은 작가가 직접 트레킹 및 여행하면서 촬영한 것들임.